你在這裡，能呼吸嗎？

竹宮ゆゆこ——著
林于楟——譯

あなたはここで、息ができるの？

1

準備好囉，倒數五秒。

四。

三。

（聽見了嗎？　你在那裡吧？　別擔心，張開眼……）

二。

——深呼吸。

＊＊＊

大家肯定想著「為什麼會變成這樣？」吧，我也有相同的疑問。

真的是，為什麼會變成這樣呢？總之，得先從這個問題解釋起才行啊。

「這裡」，嗯，你自己看吧，就是「這個」暗夜，「這個」悶熱、散發熱氣的草叢正中央，我「這個」慘不忍睹、無比糟糕、令人絕望的模樣。

彷彿以犬字旁（注意！就是獨的左邊、狂的左邊、猿的左邊，狡、獄、猛、狒、狗……不！不管是哪一個，跟我一點也不像！）（勉強只有狆算得上）的姿勢被拋飛出去，四處破洞、流出內容物的肉袋，那就是我。

我就這樣孤單一人，沒有任何人發現的情況下，逐漸死去。

醒來時已經變成這樣了。

所以我哭了。

所以說，就從這裡繼續講下去喔。

首先，我睜開眼睛，把頭往旁邊轉。我的後腦杓被削去一半，崩碎的腦組織從大洞流出。全身上下破裂、迸開，血液、體液以及其他有的沒有的，從我的身體中流出，我就泡在自己身體的內容物中。油漬品？不太對。醃漬物？就是這個，就是那種感覺。

視線模糊，夜晚的草叢到遙遠的那方全晃個不停。

離我稍遠處，倒著一臺重型機車，是一輛銀灰色的ＣＢ４００，引擎停止，彷彿早我一步死亡般安靜。掉落在更遠處的粉紅色物體，原本還是個安全帽呢，它不只裂成兩半還變形，可以說是已經死了，對於沒能好好保護我這納於其下的頭蓋骨，它是否感到些許愧疚呢？

晃動的視線，不全因為我止不住的淚水，連腦漿也往臉這一邊流下來了，流進了我睜開的眼中。我的大腦肯定遲早會流光，變得空無一物吧，我想，「這個我」還能是「這個我」，可以這樣思考、感受，都只能撐到大腦庫存流光為止吧。

這裡一片黑，沒有任何光線。萬物皆沉入黑暗中，靜靜地停下所有動靜。

我也是，緊緊纏繞於繩結中，沉默著。

話說回來，我跟大家說過繩結的事情嗎？還沒說吧？應該還沒說，對啊，我還沒有說，啊，怎麼辦呢，嗯～～簡單來說，繩結就是，沒辦法輕易解開，緊緊糾纏在一起的繩塊。該說就是這個嗎，對了，就是，啊——啊。對不起，常有人要我稍微冷靜一點。

對不起，總之再重來一次。

難得大家都把焦點放在瀕死的我身上了，但請讓我稍微把話題往前拉。要是不提那一部分，就沒辦法敘述接下來的發展。

那就讓我重新開始說起囉，繩結的事情。

解不開的頑固死結，是形容我現在狀況的譬喻表現……我就是想要講這種東西啦。亂七八糟纏成一團、無法理解，我正陷入這種狀況中。

我只有二十歲，社群網站中毒者，好想變成亞莉安娜・格蘭德，豐厚的長髮和發誓絕對純天然的胸部是我最大的魅力，沒有那隻能漂亮畫出眼角銳利挑高眼線的愛用眼線筆，我就沒辦法拍出自拍美照『討厭啦騙人這是怎樣這是誰啦我不相信這才不是真正的我這不是我對吧我應該更可愛才對，討厭啦！沒、沒辦法、呼吸！』

最後引發過度換氣——簡單來說，我就是很普通、常見，但說起可愛程度，還挺有自信是前段班、隨處可見的女孩子。那種一聽見「女孩子」，腦袋馬上會浮現的類型。要是能讓腳變細，什麼都願意做的那種女生。

現在卻是這樣，腦袋裡的東西逐漸減少，自己的大腦正在當沙漏。每分每秒，我正在忘記自己是怎樣的人，舉例來說，就是那個，每天都在聽的音樂清單。變成這樣後，我現在已經完全想不起任何一首歌名了，掰掰，我的音樂清單。

但我很幸運，起碼還記得自己的名字。

我叫邏邏。

此外還知道另外一件事，我，邏邏，絕對無法得救。

除了大腦外，滑溜溜的內容物也從我的肚子往外流，而且更重要的是，人類啊，就是種快被巨大變化吞噬時，很容易忽略小變化的生物啊。

對吧？請試著想像。

你走在路上，突然被人從背後撞飛，手上包包被搶走了，想追上去卻站不起來，而強盜就快要逃跑了。手機、錢包、家裡鑰匙、駕照、健保卡……這種時候，你還會發現完美畫好的眉尾因擦撞脫妝了嗎？

或者是你現在在電影院裡，燈光變暗，開始播預告了，此時卻還有說著「不好意思，請讓我過去」，硬要穿過座位前的人。雖然想著「幹嘛啦」，把腳往旁邊縮，但仔細一看，對方竟然是人馬。超大！全身動物臭味！而且還拿著弓箭！這時候，你還會發現旁邊人的手肘正逐步侵犯你的領域嗎？而且，如果人馬背上坐著那個「NO MORE電影小偷」，那又會如何？你會聽見一個爆米花掉在地上的聲音嗎？

那麼，這個比喻如何呢？你過著一如往常的生活，某天，你面前出現一個能預知未來的外星人，他告訴你，世界即將要毀滅了，但從天而降一道光束消滅了外星人。他無法再給你建議，糟透了，陷入大混亂。肯定連東京電視臺都會停播動漫來插播臨時特別節目。面臨如此重大危機之時，你會發現一個可愛的二十歲女生正因為車禍即將死亡嗎？你覺得真會有人發現、找到我嗎？

就是這麼一回事。

很遺憾的，人類就是一種，即使在巨大變化中有小變化出現，也無法察覺此事的動物。

更遺憾的是，強盜、人馬、NO MORE電影小偷都是我胡扯的，而外星人和世界毀滅卻是現實，光束也是，這場車禍也是現實，我即將死亡也是現實。

從剛剛開始，我就把這一大塊現實稱為繩結。

你看，倒在路旁的重型機車、這場車禍、還有我的腦漿、與音樂清單告別、滑溜溜&爛呼呼、外星人、預知未來、世界毀滅、如箭般射穿的光束，以及這種絕望、這種孤獨。

一般來說，只是其中一項都令人難以接受。但是此時，這些「一口氣」全降臨在我身上，一整團糾結的現實砸在我臉上，輕易打垮我，我只能這樣邊哭邊走向死亡。

每件事都糟糕過頭，其中最糟糕的——你已經猜到了吧，就是「一口氣」這點。

讓我無法不去想「要是沒有這點就好了」。

有人說過，一生發生的所有事，都是早在出生前決定的命運。如果真是這樣，就算無法避免每件事情發生，起碼也可以別同時發生吧。這樣一來，我就能更冷靜思考、整理、理解，或許也能接受自己這種命運吧。

現實卻是如此。

我的絲線亂成一團。

我認為人生是一條線，正確來說是一條絲線般的東西。不管是誰的線，只要活著，肯定會出現好幾個繩結。手指能順暢從線頭一路摸到線尾的人生，肯定是珍品，這點小事我還懂。

但是，我的絲線也糟糕過頭了吧。

不只太短，還太混亂。一次發生太多事情，繩結太大了，這根本解不開。

在糾結成一團的巨大繩結中，肯定有好幾個小繩結，無法忘懷的經驗、回憶，肯定有好也有壞。但是，我已經搞不清楚了，而且永遠解不開。我被巨大且複雜的繩結壓制、吞噬，連自己的絲線兩端——線頭和線尾都找不到了。現在連從何而來、該往哪去都搞不清楚。明明是自己的絲線，卻連自己也解不開。

沒錯，要是只是單純發生車禍就好了，如果是這樣，就會有誰來找未歸的我，找到我之後肯定會叫救護車送我去醫院，就算可能傷重不治，至少，不會像現在這樣被丟在草叢中，不用像這樣醒來，孤單落淚、慢慢走向死亡。

或者是沒有發生車禍，乖乖地和大家一起等待世界毀滅……不對，這也很恐怖。如果是這樣，我或許該為自己不必親眼看見世界毀滅而開心。至少對我來說，我不需要迎接世界毀滅，因為在毀滅之前，我已孤單死去。

結果，我還是不知道哪種情況比較好，如果可以選擇，我會選擇哪一個呢？

總之，現實是「這個」，巨大變化（世界即將毀滅）與小變化（我即將死亡）。

我就這樣，一個人孤單地死去。

——此時的我，還這樣想著。

突然插個話，我現在要稍微劇透接下來的發展喔，如果你還不想要知道接下來會發生什麼事情，請直接跳到「※」出現的地方。那，我要開始了喔。

在十三分二十四秒後，我將不是孤單一人。

而這個邂逅，會讓事態變得更加複雜。

那東西撥開高及胸口的雜草，一步一步朝我靠近。再過一會兒，我就能聽見腳步聲，還能聽見他機械式的呼吸聲。而繩結會變得比現在更緊、更大、更棘手。

就是這樣，在那之前，還得維持著無聲、鮮血淋漓的車禍現場畫面一陣子……就這樣。※。

在這之前，有一幕畫面希望大家看看，這也和巨大變化與小變化的話題有關。但基本上是很無聊的事情，更可以說，非常微不足道，沒太大意義。

沒錯，只是我不想失去的日常片段。

這段時間，腦漿也還沿著我的臉蛋滴落，我自己正漸漸消失。

我不會要大家代替我記住即將失去的種種，只是，到事態產生變化前的這十幾分鐘就好，希望大家可以看看我，希望大家可以感受我活過的時光。

希望大家知道，我也曾經有過那樣的時光。

可以嗎?瞧，那個……那個深栗色，表面光滑的圓球。那不是繩結之類有深遠意義的東西，只是我的包子頭，拆開後長過肩胛骨。我還想留更長點。實際上在那之後花了七年，我終於得到現在的完美髮型了。

那是，十三歲的我。

念國中的我，盤腿坐在客廳裡。拿著螢光筆在英文單字的講義上做記號，不情不願念書中。就快要期末考了，在這個又土又老、整理得相當整齊的客廳裡，西曬刺眼得要命，我超級不開心。或者應該說，我無時無刻都對所有事情感到憤怒。臉上每天都會爆出三顆青春痘，怎麼可能心情好。

「欸，邏邏。」

這是媽媽的聲音。

媽媽……

＊＊＊

「欸，邏邏。」

「喂，我在跟妳說話耶，轉過來看我。」

「……」

「……現在不要跟我說話。」

「如果妳有對媽媽擺出那種態度的正當理由就給我好好說明。」

我的心情可以用一句「看就知道了吧」道盡。反正，媽媽肯定早已掌握我的考試日程了。我現在用嘴型告訴她「我、在、念、書」，攤開幾張該背的講義給她看，接著不想再多做說明，把耳機往耳朵裡塞……

「不會花妳太多時間啦。」

媽媽輕而易舉且彷彿擁有理所當然的權利一般地扯下我的耳機，我真的嚇了一大跳。我應該有說「現在不要跟我說話」吧？這什麼嚴重代溝啊？「啥……？」

媽媽完全不理我，理所當然在我旁邊坐下。沙發的反彈重重撞上我的屁股。

「別多話，看著媽媽。」

媽媽用左手脫下超搶眼的粗框眼鏡，湊近我的臉。

「妳有沒有發現什麼？」

總是掛在臉上的眼鏡重量在山根壓出凹陷，鼻子下還留著刮掉胎毛的明顯痕跡，但是，我什麼都不想說。

「快點，快看媽媽，不只臉，全身上下都看一圈，怎樣？」

媽媽強硬地把臉闖進我移開的視線中，拿著眼鏡的左手撩起瀏海，眼神超銳利地緊盯著我看。我裝不知道般地看向我的講義，媽媽卻突然搶走我手上的講義。「參考書的影印？看起來不像，是妳們老師自己做的嗎？」

「喂……！」

「裡面還夾著小考考卷，觀波邏邏，十七分……十七分？」

媽媽很不可思議地歪頭，重新戴上眼鏡。當然，就算戴上眼鏡看，分數也不會有任何改變。

「……那個滿分三十分啦。」

「滿分三十分才拿十七分。」

「所以我才在念書啊。」

我伸手想拿回講義，但母親雙手上舉躲開我。

「在那之前，有發現什麼嗎？有嗎？」

「還給我啦。」

「邏邏，怎樣啦，有嗎？沒有嗎？」

「我說還給我。」

「回答媽媽的問題。」

「……討厭啦！不要！」

我小發火了，還想說她怎麼難得週末還在家裡，結果就是這般纏人。

「真的有夠煩！吵死了！閃邊去啦！我根本不想跟妳說話！」

「哎呀。」

媽媽最厲害的地方是她一點也不打算和我一起生氣。一如往常，毫不動搖，連裝個樣子也不想。呼吸平順、微微挑起修細的單眉。雖然是個不重要的事情，我小二時曾被欺負人的同學用一整瓶墨汁澆頭。接到導師通知到學校來的媽媽，看著變成炸毛毛筆的我說：「哎呀。」那時的「哎呀」和現在的「哎呀」，不管音調還是表情全都一個樣。

「現在，媽媽從兩個角度思考妳剛剛的發言。」

大概啦，我想，媽媽看著剛從她的子宮生出來，全身是血的我時，應該也說了句「哎呀」吧。

「第一個是客觀角度，大喊出聲，也就是創造出一般意義上的『吵死人』狀況的是妳的聲音，以這個事實為基礎，也就是說，實際上『吵死人』的應該是妳吧。而從主觀的角度來思考，妳對著父母說剛才那句話相當不恰當。我很清楚將來會發生什麼事。這份不恰當的記憶，接下來將會強力催化妳自己的後悔。」

她的態度就是會讓人想瘋狂大叫「呀——————！」而我從出生到現在，已經忍耐十三年了。

「我管妳是從哪個角度來看啦！吵死人的是媽媽吧！不只剛剛吵死人，現在也吵死人了！」

「媽媽的音量在室內大小適中，如果妳說適中的標準不清楚，妳要去找這幾年和媽媽對話過的幾個人問話調查也沒有關係喔。」

「所以說，就是這個很煩人啦！每件事都要說是怎樣！我真的都快冒火了！光是跟媽媽說話都讓我腦袋要爆炸了！真的、全部、都很火大！」

「青春期性荷爾蒙正旺盛呢。」

「什麼？妳又這樣不管什麼都要扯到性荷爾蒙性荷爾蒙性荷爾蒙性荷爾蒙！妳根本只會說這個啊！別老拿這三個字來解釋我的心情！」

「是四個字。」

「……啊啊啊煩死了！幾個字都無所謂！真是的吵死人了吵死人了！真的真

的真的，真、的，氣死人！我難得在念書耶！全都是因為媽媽吵我！我完全沒心情了！考不好全都是媽媽的錯！」

「要念書就該回妳房間念。這裡是客廳，是以讓家人聚在一起對話為目的而設置的空間。」

「這種時代，房間還是和式的小孩只有我了啦！」

「請拿出證據來。」

「沒有！」

「如果妳要修正或是收回，那身為母親的我會接受。」

「不要！而且連冷氣也沒有，在那種地方怎麼可能念得下書啊！」

「如果妳想在有完整空調設備的地方認真念書那就去圖書館。至於他們有沒有合理使用市民繳的稅金，呵，那就有點疑問了。」

「啊、啊、啊啊啊～～！不早一點起床一大早就去週日根本搶不到自習座位好不好！明明什麼都不知道不要老是自說自話好不好！」

「雖然我是妳生物學上的母親，但我沒辦法管到妳的皮質醇分泌啊。」

「妳在說什麼啦！噁死了，根本聽不懂！算了！我就去這世界上最後一間和室讓榻榻米的碎屑刺穿我的全身！連眼睛也不會放過！這就是妳想要的吧！」

超過忍耐極限，我用力站起身。趁機從媽媽手上搶回講義，走往門口打算離開客廳時……

「邏邏，妳等等，我還沒說完，正確來說根本還沒開始說。」

「我沒時間和媽媽說話！明明平常老是叫我去念書，現在是怎樣，真的有夠煩！」

「手機——」

正當我要走出客廳時，背後傳來這個詞，我嚇得停下腳步。手機？那該不會是我超級想要、求了好多次，結果都被「十八歲前禁止」的神秘理論拒絕的那個手機吧。

「——妳說妳想要，對吧。」

連轉動脖子回頭看的餘裕也沒有，我直接倒退，彷彿倒帶般站回媽媽面前。

「騙人，該不會是願意買給我了吧……？」

「妳也知道吧，爸爸認為妳十八歲前都不應該有手機。但是其實，媽媽現在有更彈性的想法。不只是遇到災害時的聯繫手段，手機可能也會成為妳對資訊技術產生興趣的契機，也希望妳可以透過管理培養出責任感。」

「嗯……嗯嗯嗯！我懂！就是說啊！」

「所以，我也覺得可以幫妳和爸爸談談看。別劈頭就說要等十八歲，再提早一點也沒關係。」

「我覺得很好！絕對該這樣做！」

「只不過，跟爸爸談判前，照規矩，妳總是要拿個相等的代價出來啊，懂嗎。譬如『邏邏已經約好了要認真念書考好成績』或是『邏邏約好了絕對不再對父母擺出反抗態度了』之類的。」

「好，什麼我都會答應！絕對、遵守！我會認真念書，也不說你們煩了！」

「太好了，如果這樣，媽媽也跟妳約定。我會用堅定的談判強勢攻擊，最晚到妳上高中前絕對會把事情談好。」

「雖然我聽不太懂，但真不愧是媽媽！加油！騙人，討厭啦，怎麼辦，我超期待！我絕對要買 iPhone！」

輕飄飄踩著輕快腳步，這次真的要走出客廳時……

「等等。所以說，仔細看媽媽。」

「什麼？所以我就說我沒空啊！」

「哎呀。」

媽媽在沙發上雙腳交疊，緊盯著我看。挑起單眉，用著一如往常的表情，中指把眼鏡往上推，那雙眼睛用媽媽的聲音對我說，是誰約好絕對不再對父母擺出反抗態度了的呢？是誰啊？誰啊？到底是誰啊……？

「……啊——好啦，我知道啦！妳別用那種催眠般的眼睛操縱我啦，然後咧，妳是要我看什麼？」

「媽媽身上出現了一個變化。我自己也是剛剛才發現，我想要確認妳會不會發現，所以才問妳。」

「變化？欸，不知道耶。妳沒去美容院吧，衣服也是之前看過的。」

「給妳提示。」

媽媽坐在沙發上，看著我慢慢舉起左手，做出握拳擺在胸口的姿勢。

「咦，是什麼啊。那個是……外國人的齊唱國歌？足球比賽時會看到這個。A CHI CHI A CHI！正在燃燒著嗎！之類的……呵呵，幹嘛啊，我好來勁喔，這哪裡的國歌啊？」

「不管是哪一點，全部都完美猜錯了。」

「咦、咦，那是那個，是什麼來著，那個……熱情……就那個人啊。熱情……那霸？米良？討厭，怎麼覺得超級不對勁。」

「注意這裡。」

右手指著左手手腕，關節？骨頭突出處？手錶？啊——手錶！

「沒有手錶！」

「正確答案！」

「耶！猜對了！」

媽媽左手腕上總是戴著一個奢華的金色手錶，那是爸爸在我出生前送她的禮物，媽媽真的非常重視它。每天都戴著，這樣一說才發現，沒看見手錶。雖然我忍不住趁勢大喊「耶！」的興奮起來了。

「不對吧，騙人！妳吊我胃口吊這麼久，就只為了這個？」

所以又怎樣？

手錶是個想脫下來隨時可以脫下來的東西。哪有人三不五時就因為「戴著！」「沒戴！」吵吵鬧鬧啊，我還這樣想……

「我自己也不清楚手錶是什麼時候不見的……」

媽媽語氣不乾不脆，她很少這樣，讓我有不好的預感。

「……喂，該不會。」

「就是那個該不會，好像弄丟了。」

巨大衝擊嚇得我忘記出聲。難以置信。我張大嘴巴呼吸，只能回看眼前的媽媽——乍看之下分辨不出來，但身為女兒，勉強可以發現她的雙眉稍微下垂，從角度來看，媽媽應該很沮喪，我也只能回看她。

難以置信媽媽竟然會弄丟那般珍視的東西。媽媽雖然很煩，卻是個很厲害的人。她是大學教授，還會寫書。和這也不行、那也不行的我完全不像，總之，我根本沒看過她失敗的一面。爸爸常常開玩笑說：「妳和我結婚就是唯一的失敗！啊哈哈！」我也笑著說：「真的就是這樣！超級好笑！」媽媽當然還是用那個表情、那個音調回答「哎呀」。

這個媽媽竟然出錯了。

「弄丟不是很糟糕嘛！什麼時候？在哪裡？」

「我真的不知道，我也是剛剛才發現手錶不見的啊。」

「妳好好回想啦！昨天還在嗎？前天呢？」

「我最近都沒有把手錶拿下又戴上的記憶啊。所以大概……不好意思，我可以說我的推論嗎？」

「可以。」

「雖然缺乏證據，但邏輯很合理。」

「就說沒關係啦，快點說妳的推論。」

「我覺得應該是喪禮那時。」

「啊……那時候啊。」

我那個獨居的外公，媽媽的爸爸，上個月突然因病過世。因為他一直很健康，所以我們全家人都大受打擊。我們完全沒有做好心理準備，加上喪禮在遠方舉行，悲傷加上疲憊，我家沉悶了好一段時間。前一陣子終於安放好骨灰，我們一家人好不容易才回到原本的生活。

「那時要向一大群人打招呼，還有很多事情要做，幾乎沒什麼睡，對吧。我真的很累，腦袋一片霧茫茫。上洗手間時，說不定有拿下來。我也不知道。總之，結論就是弄丟了。太可惜了……」

媽媽憂鬱地「呼～～」了一聲，我抓住媽媽的肩膀用力晃動：

「不是『呼～～』吧！」

就算理解發生什麼事了，我也無法冷靜。

「妳應該要更著急吧！明明那麼珍惜耶！妳不是說那是充滿夫妻回憶的寶物嘛！」

「著急又不能改變狀況。而且，該做的事也都做了，已經打電話去問殯儀館、火葬場和寺廟，也報警了。比起那個，我現在比較想要知道的是爸爸有沒有發現，妳就沒有發現了。」

「爸爸當然……」

我和媽媽對看兩秒後，一起點點頭。爸爸百分之百沒有發現。

和媽媽不像的份，我和爸爸像個十成十。不管是臉、行為模式和個性都超像。

我和爸爸組成成分完全相同（推論），如果我沒有發現，爸爸也不會發現（符合邏輯）。話說回來，連那麼厲害的媽媽都沒有發現了，我和爸爸這個廢柴小組怎麼可能發現。

但如果發現了，爸爸應該會很沮喪吧。而且他絕對不會責怪媽媽，還會打從心底體恤媽媽，徹底隱藏自己的沮喪。就是因為知道爸爸會這樣，所以我們都不想讓爸爸沮喪。

「……要不要去買一個一樣的手錶啊？」

「我就知道妳會這樣說。但是妳也知道吧？媽媽——」

「不會說謊，對吧，我知道啦。」

「沒錯，我只說真話，個性就是這樣。」

「但是啊，那妳打算要怎麼辦？雖然爸爸沒有發現，妳要一輩子當沒這回事活下去嗎？裝作手錶打一開始就不存在嗎？妳覺得真的有辦法辦到這種事嗎？」

「但是……說不定意外地，一下就找到了。」

「要是那樣就好了。」

媽媽摸著空無一物的左手腕，沉默不語，看起來很煩惱，這相當罕見。

看牆上時鐘，已經超過下午三點半了。再過不久，爸爸就會從健身房回來了。

＊＊＊

以為已經找不回來的手錶，正如媽媽所說，簡簡單單就找到了，幾乎叫人驚訝，我根本還來不及說服媽媽去買一樣的手錶。似乎是被當成失物送到殯儀館的辦公室，然後一直被放著不管。殯儀館的人接到電話後去保管庫找，立刻回電說「找到了」。隔天就回到媽媽手上了。

爸爸不只沒發現手錶不見，也沒有發現手錶又回來了。

在「外公突然過世」這巨大的變化當中，我們都沒有發現「手錶不見了」這個微小的變化。

媽媽遵守約定，真的說服超級害怕讓小孩拿手機的爸爸，在我升上國三的那個春天，買了我心心念念的 iPhone 給我。

但我沒有遵守約定。

不只沒好好念書，那之後也好幾次，真的好幾次反抗媽媽。「吵死了！」、「別管我！」、「跟妳沒關係！」、「誰知道啦！」、「閃邊去啦！」、「最討厭妳了！」……也說了很多更過分的話。

我總是在生氣，拚了命想要傷害媽媽。這是為什麼呢？大概是感覺媽媽的存在過於理所當然，如果我不拚命甩開就沒辦法長大成人吧。還是說，是性荷爾蒙在作怪嗎？

我不知道，總之，一切正如媽媽所說。我覺得媽媽真的知道未來會發生什麼事情。

我現在，非常、後悔。

我想收回所有對媽媽說出口的話，全部重說一次。「最喜歡媽媽」、「想和媽媽在一起久一點」、「好好吃」、「我很開心」或是「謝謝」之類的，「我出門了」、

「我回來了」，想要大聲說「歡迎回家」，想說「陪我」，想說「黏緊一點」、「別放我一個人」、「再陪我多說一點話」、「陪我到我睡著為止」，想要邊說著這些話，邊變回小嬰兒的模樣，用盡全力抓著媽媽大聲哭泣。

媽媽肯定會說「哎呀」吧，然後抱起我，輕拍我的背、輕輕搖晃直到我停止哭泣。如同她一直對我所做的，一如往常。接著，我就會安心地，閉上眼睛沉睡。

——只要再一次就好，我好想聽她的聲音。

如果還能再聽一次她的聲音，我什麼也願意做。現在已經無法在腦海中重播了。我忘記媽媽的聲音了。

不只聲音，媽媽的臉、碰觸時緊貼在身上的肌膚溫度和氣味、理所當然知道的所有感覺，都和血液一起從我的身體流出。我已經完全想不起來到底是什麼感覺。記憶就這樣一個又一個毀壞，每次為了想起而取出時，就會看不清那一段時光的標題。追得越緊，也離我越來越遠。全部、大家，全都離我而去。等等、拜託，我真的好想要聽。最後再一次，在我真的什麼都不知道之前，至少再一次就好了，我好想聽、好想聽、好想聽、好想聽……？

……我，是想聽什麼啊？

看吧。

開始搞不清楚了。

下一次閉上眼，或許就這樣結束了吧。然後，或許無法再次睜開眼了。好害怕，我努力撐著不閉上眼睛。身體中流出的東西流過睜開的眼球表面，我邊失去所有一切，邊漸漸變冷。

我還感覺自己強烈祈求著想要聽到什麼，為了幾秒前想著這件事的自己，拚命側耳傾聽。

我的耳朵，咦？不可思議。

現在，我聽到了踩踏草地的腳步聲。

我以為是聽錯了。因為根本不可能有人會發現我。但那果然是腳步聲，一步一步朝這邊接近。像橡膠摩擦堅硬物品，規則且不可思議的「啾、啾」聲。

最後，外星人出現在我的視線中。

不，我說真的。

2

所以說，這就是我和外星人相遇的場面。

看著外星人，只有認識外星人的人會嚇到大叫「是外星人耶！」吧。如果不認識外星人，就算出現在面前也不會驚訝。

我當然嚇一大跳，然後，打算喊出：

「外、」

星人耶！

但是那時，湧上的東西堵住喉嚨，不知是血還是嘔吐物，總之，應該不是什麼好東西，但一吐出來，是令人意外的……

「……哇啊……啊……！啊…………！」

情緒的聚合體。

彷彿是好幾年份、好幾十年份、好幾百年份，不，是更多，彷彿儲存了幾萬年、幾億年、幾億萬年份的，巨大溫熱的情緒聚合體。

沙啞的喉嚨拚命擠出了哭聲，我的眼睛沒辦法從外星人身上移開。外星人也看著我，我感覺身體快要爆炸了。與上一刻憐憫自己流下的淚水不同，淡水般的全新淚水噴出，流過臉龐時順帶洗淨血跡。

「你、你還活著嗎……？你還活著啊……！還活著……太好了……！」

看來，我差點就忘記自己如此深切擔心著外星人。

外星人用拇指指著自己，用力點頭：

「我還活著。」

他立刻單膝跪在我身邊，低頭俯視倒在地上哭泣的我。我聞到消毒水般的強烈臭味。

「比起這個，妳還好嗎？」

我無法回答這個問題，一句話也沒說地抬頭看向外星人。

外星人的聲音之所以悶住，是因為他的下半張臉包覆在面罩中。從面罩延伸出管線，連接他背上的氣瓶。空氣從氣瓶送往面罩，他每次呼吸，管線內部都會傳來「咻、咻」一聲。氣瓶裡應該裝滿他星球的空氣吧。畢竟外星人無法靠地球的空氣存活。

黑夜中，光線彷彿只照射在他身上，外星人發出漂亮的藍光。戴面罩的臉、垂落臉上的頭髮、寬闊的肩線，都讓我眼花。他全身如水族館般湛藍。

我邊哭，邊對他伸出雙手。這個身體，不管是哪個部位都沒辦法隨心所欲活動，即使如此還是努力伸手。無論如何都想要碰觸他、親手確認。

「……真的……就在……這裡吧……？」

「我在這裡。」

外星人也朝我伸出手。

「你……真的是……外星人吧……？」

大掌、修長手指，碰觸的瞬間，緊緊握住我。

「當然。」

外星人單手輕輕包裹我無力的雙手。

「我是外星人。」

沒別開眼互相凝視，我的淚水完全止不住。

被那樣的光束擊中後，外星人那身像藍色皮革的機車皮衣上沒有絲毫損傷（如果現在立刻想知道「那樣的光束」是「怎樣的光束」，請跳看接下來不遠處「Q」記號的部分）。

「……我，還以為你是不是死掉了……因為……我看到了啊。」

外星人的手確實就在這裡，我用雙手的所有手指用力回握。攀著他的手，拉起彷彿被糨糊黏在地板上的沉重身體。但是遲遲無法如意，我扭轉身體好幾次，好不容易爬起身，飛撲撞進他的胸膛。

「到此之前的事情，全部……都看見了……！」

外星人用胸膛撐住我的身體，簡短說出：

「對不起。」

但他沒有緊緊抱住我，也沒有把我推開，只聽見他的呼吸聲。所有接觸部位都好冰冷，我和他都很冷。我維持攀附著他的姿勢，持續沉默，總覺得恐懼起來。拚命的只有我一個嗎？確認他還活著後哭泣的只有我一個嗎？

我稍微收下顎抬起視線，他藍色、冰冷的臉就近在咫尺。眨著眼的一雙眼睛直直地看著我，鼻子以下到下巴包覆在面罩中。我也想要一直看著他的臉，像要把他吸入眼中般睜大眼睛——發現了。

他的頭上，有一整片色彩極鮮豔的，由銀河所卷成的漩渦狀星空。緩慢旋轉，無數的星星變成無數的銀線。劃出弧線，轉呀轉朝西方地平線落下，又轉呀轉從東方地平線上升。如唱片般轉個不停。他的天空，彷彿ＤＪ專為我們兩人播放的唱片。只要唱針落下，音樂就開始了，音樂一下，這就將變成特別的夜晚。

也就是，這是個單純的夜晚。絕不是只是為了我的死亡而存在的夜晚。

是為了讓我們相遇的夜晚。

但我還想不到該說什麼。

靜靜看著他的眼，只祈禱著這個時光別結束，我想要和你一直這樣下去，如轉動的星空般，想要在沒有開始也沒有結束的永恆時光中轉個不停，希望這個永不天亮的命運之夜可以持續下去。

「……話說回來，我想要在打扮得更可愛的時候遇見你……我是不是很慘啊？」

怎麼可能不慘，他的眼睛稍稍瞇細。我可以認為他在對我笑嗎？好想、好想這樣想，這個想法讓我再次落淚。我想聽他的聲音，希望他說些什麼。

「我……那個……要說什麼啊，我是……我啊……」

「邏邏。」

感覺藍光在我的眼睫毛尖反彈，眨眼，流下新淚，我是邏邏。反彈的光粒照出我的身形，閃閃發亮的光照亮我的身體線條，僅僅一瞬，讓我在這黑夜中漂亮地浮現身影。

「我知道喔，邏邏。」

他的聲音平靜。

有點低沉，是個清澈透亮的藍色聲音。對我來說，是世界上唯一的聲音。只有這個聲音，我已經只知道這個聲音了。只有這個，是留給我的最後一個聲音。

「你為什麼知道我……？」

「因為我一直在找妳。」

「騙人……真的嗎？」

「而妳應該也在等著我。」

「……嗯，我也這樣想……肯定是這樣……」

「這裡是妳的世界，妳就是世界本身，我來保護妳，絕對。」

「那……好好笑。」

「妳懂我的意思嗎？」

「完全不懂……不懂到好好笑……但是，完全沒問題。」

我真心這麼想。無所謂，什麼都好。只要可以在一起，根本不需要意義。你來找我，到這種地方來找我，只是這樣就夠了。

「我很高興。」

外星人聽見我的真心話，稍微停止了動作。「很高興……？」呼吸聲停止了幾秒……

「這是值得高興的狀況嗎。」

他單手指背撫摸我的臉頰，彷彿想要擦拭什麼，輕撫好幾次。眼角、嘴唇，還有額頭。他的指尖輕柔地分開貼在我臉上的長髮，我看見他的眼睛左右搖擺著。我自己也很清楚，這是連外星人都會感到不安的狀況。即使如此，他還是溫柔碰觸著我，這又讓我高興到笑出來。

「因為我很高興見到你啊……如果我是狗，肯定會把尾巴搖過頭，跟直升機一樣，從屁股往上飛吧……」

又沉默了一下，接著，面罩底下只傳來小聲「這樣啊」，外星人終於抱緊我了。

我把自己剩下的全部全靠在他的胸膛，真的好高興，我只有這個念頭。為了不讓兩人分離，我雙手環抱他的後背，拚命攀住他。不想再分開，再也不想放開這雙手，我的臉緊緊貼在他的冰冷皮衣胸膛上，閉上了眼睛。

太完美了。

只要兩人可以這樣在一起，其他都無所謂。才剛見面就出現這種想法，可能很突兀吧，你怎麼想？果然是我太笨嗎？

不，但是，不對，或許也沒那麼突兀。從第一次見到他那時起，我的心就被他奪走了。從那時到現在，我的心一直都在他身上。

外星人，太完美貼近「我所愛之人的樣子」了。

那天，我單腳屈膝坐在電視機前。

這是才剛買三個月的四十吋電視，身上穿著常穿的小可愛和常穿的短褲。幾乎跟內衣褲沒兩樣的居家服。左手拿著令人中毒般上癮的杯麵（冬陰湯口味），右手拿著筷子，iPhone 就擺在身旁。

沒錯，大家注意！

這邊就是「Q」。

因為我把這一段時間稱作「Q」。

一身如此一如往常的打扮，我真的只能驚訝，因為發生了難以置信的事情。

外星人，出現在電視畫面上。

他似乎正打算透過電視，向人類傳達些什麼。外星人單獨佇立於無比晴朗的藍天底下。

拉上窗簾的窗外是夜晚，外星人所在的地點似乎是白天，相當明亮。畫面右上角閃爍著白色「Live」字樣，但不知道是從哪裡連線。

外星人獨自慢慢走上臺，透過攝影機，緊緊盯著這邊看。

怕燙傷的我，邊「呼、呼」吹涼，邊小口小口吃麵，等著外星人開口說話。老實說完全沒有現實感，我稍微靠近電視，還轉高音量。

『……看著這個的所有地球人，讓大家久等了。』

在看不見任何建築物的藍天底下，外星人開始說話，聲音相當清楚。

『請大家務必冷靜聽我說，這個世界即將毀滅。我們外星人擁有預知未來的技術，所以很清楚。』

騙人。門牙咬著麵條，我忘了要咀嚼。攝影機拉遠，站在藍天底下的外星人越變越小。

『這不是謊言，這個世界，就快要毀滅了。』

世界，要毀滅了？什麼啊？是怎麼一回事？大家都要死了嗎？突然，喊完「預備起」就要死了嗎？還是會遇到大型災害？瘟疫？還是會發生戰爭？地球會被阿拉蕾一拳劈成兩半？總之，不再說具體一點就聽不懂啊。

『我無論如何都希望人類可以避開即將發生的世界毀滅，因此來到這裡。總之先冷靜下來，這一切都是真的，請相信我。也確實存在避免世界毀滅的方法，不可以繼續前進，仔細看，然後回想起來。沒錯，這是夢——』

就在此時。

外星人頭上，比雲朵更高處，似乎有什麼東西發出光芒。外星人仰高頭看天空，似乎在叫喊什麼。

下一個瞬間，光線靜悄悄，化作一道白線往正下方延伸。

看起來好像是往下射出的箭。

那是從天朝外星人發射的光束。

白色光柱中，外星人彷彿蒸發了一般，無影無蹤。畫面那端炫目閃爍。一切都被破壞了。閃光與巨大轟聲、捲起的沙塵、飛土。聲音消失、畫面激烈晃動。瓦礫從天而降，地面裂開往上隆起。被壓縮後又被扯開。

世界，要毀滅了。

「……不……」

這個聲音，是誰的聲音？是我。

我抓著杯麵湊近電視，「等等、不要不要不要……騙人，這都是騙人的吧……」

沒有任何人去拯救消失在畫面那頭的外星人，還握著筷子的那隻手，忍不住碰觸電視畫面。

「不要啊！喂！快來人啊！」

就算我大叫也沒人會聽到。拍打畫面也只是讓電視機往後倒，根本沒意義。但我卻沒辦法不這麼做，我知道他就在那裡。發狂般的嘈雜聲音——是什麼？喇叭？有泥巴的氣味，好刺眼！別照我！不是我——

「拜託誰來啊！快點去救救他！他就在那裡！不管是誰都好快點找到他！不快點他就要死了！他肯定受傷了！誰啊！快替他療傷！拜託，快一點啊！」

我知道地板如地震般開始晃動。一開始很小，逐漸變大。

電視上看到的衝擊，已經影響到這邊來了。

「快點去救他！我沒辦法去啊！」

即使如此，我還是沒辦法停止繼續朝電視呼喊。對我來說，比起迫在眉睫的世界毀滅，我更擔心外星人。

外星人說他們有預知未來的技術。如果是那樣，他應該也知道自己會面臨這種命運。即使如此，外星人還是為了拯救人類從遠方而來。知道自己會死，還是為了世界的存續而來。

但我似乎有比起世界、比起任何事情都還來得更加重要的什麼東西。感覺我似乎忘了什麼。那個，不知何物，靜靜地，動也不動——

「喂！誰啊！……不可以！不可以這樣死掉！加油！」

心臟大聲跳動，幾乎要爆炸，身體開始不停顫抖。喉嚨也顫抖著，呼吸變成了尖聲哭泣。外星人有在呼吸嗎？那有多痛啊？誰快點去救他，我沒有辦法去，什麼都做不到。已經沒辦法呼吸了，焦急過頭，幾乎尖叫般叫著。

「呼吸！」

那時，抓在手上的杯麵掉落，還冒著熱氣的湯灑落地板。我反射性轉向右邊想道歉，接著又吞回去。我的右邊空無一人，但那裡確實空了一人份的空間。

轉頭回去看電視，畫面上的天空，正好由下往上呈Y字型，從兩旁慢慢往中間變黑。腳邊的搖晃沒有停止，不知什麼的碎片從天而降散落一地，燈光壞掉、天花板掉落，所有東西開始剝落，那一頭只看見漆黑的黑暗。

我邊哭邊閉上眼睛，接著想起來了，更應該說，為什麼會忘記呢？在這裡，在我的右邊，有個非在不可的人啊。如果不在身邊，那表示，這裡就是——

「……對了，這是夢境。是夢……因為、因為……」

以上。

到此為止，我看見外星人出現在電視中，然後被光束擊中。接著大叫。這是「Q」。順帶一提，「Q」只是我自己擅自加上的記號。為了絕不要迷失，弄得簡單明瞭。

所以說，請讓我回到剛剛的話題繼續說下去。

緊抱著我的手臂放鬆，藍色外星人稍微拉開身體。

「得繼續剛剛的話題才行。」

「……是什麼啊……？」

「這個世界就快要毀滅了，為了避免這件事發生，我一直在找妳。」

外星人抱著我，讓我仰躺在他腿上，我也聽著他的聲音。更正確來說，我裝作在聽，心裡想著頭上的夜空好美啊。他戴面罩的臉也好帥氣，這個角度超棒。思考著這些事情，眼皮也自然蓋上。

「邏邏，不可以，好好聽著，這件事情很重要。」

他抓住我的臉，往下拉開我的下眼瞼，我睜開眼睛，他發著藍光。

「……別……這樣……眼睛下面會出現細紋……」

「聽好了，妳不可以在這邊死掉，聽懂了嗎？這個世界的存亡全握在妳手上。」

「我不懂……辦不到辦不到……」

「如果妳死了，這個世界也會跟著毀滅。」

「總之，那類的話題我辦不到啦……」

「和這類那類沒有關係！妳只是不願意懂而已。」

他強勢的語氣，讓我生氣反駁：「什麼？」睜開眼睛，睡意全消。就算外星人再怎樣帥氣、就算我遇見他超級開心，惹怒我的時候還是會生氣。

「喂，你看這個，不懂嗎？你說說看啊，這怎麼樣了？」

我指著腦袋，讓他看頭上的大洞。

「……很慘。」

「更具體點。」

「……腦漿全往外流。」

「沒錯，你眼睛沒有瞎嘛。我、現在、腦漿正、不停往外流。正如你所見。在這種時候，突然對我說那些有的沒有的，我怎麼可能懂難懂的事啊。你明明是外星人卻連這種事也不懂啊？」

「但是，這件事情很重要！如果妳不懂，我會很困擾。」

「那你就該更簡單說明到讓我懂啊。」

「所以說，這個世界是我在觀測的世界，這是邏邏的世界，邏邏是這世界的……」

「啊——啊——啊——！別說了，我就說那種我聽不懂！你用《七龍珠》來比喻啦。我是這個世界的什麼啊？」

「……邏邏是，」

「我先說了，絕對別說我是撒旦先生。我要是那麼多毛，這輩子都不穿裙子了。就算除毛也只是貓捉老鼠，感覺他的毛根超強韌啊。粗毛肯定早就和黑色的豆芽一樣從巨大毛孔中雜亂冒出……」

「是烏山。」

「欸……」

被趁虛而入。等等，烏山——我想不起來他長怎樣。

「用《航海王》比喻，邏邏就是尾田。《進擊的巨人》的諫山、《柯南》的剛昌。」

「騙人，話說回來，為什麼只有剛昌不是姓氏啊……」

「而我是讀者。」

「嗯…………那、那……那，編輯部是什麼？出版社是世界的什麼？版稅到哪去了？」

「那只會讓事情更複雜，就別想了。總之，這個世界是妳創造出來的世界。而我，原本只是在外側的觀測者，但為了不讓這個世界毀滅，所以刻意來到這裡。也就是說，我現在入侵了妳的世界內側。和妳一起在妳認為是自己的內側。在這裡，只有妳看見的、知道的以及思考的事情是所有現實。這些不管對誰來說都相同，總之，這裡是妳的世界。」

「糟糕，我完全聽不懂……那、那，也就是說……這個世界是漫畫嗎……？欸，那不是超級糟糕嗎？要是點火，整個世界都會燒起來耶，話說回來，不管什麼東西只要點火都會燒起來啦……也不是什麼都會燒起來啊，也有不可燃垃圾嘛……欸？不可燃垃圾不會燒起來嗎？瓶、瓶子之類的……不對？」

「冷靜一下，瓶子是資源回收。而我現在是在比喻，只是照妳的要求比喻而已，只是在講是這種感覺的構造而已。」

「怎麼辦，結果我真的還是不懂啊。雖然不懂，但總之，我大概知道你是要來救我的吧……？這種感覺……？對吧？」

外星人用力點頭後說：

「沒錯，這樣就對了，就是這樣。」

他握住我的手，戴面罩的臉靠近我，我清楚聽見他的呼吸聲。

「為了不讓妳死掉，我才來這裡，我絕對不讓這個世界毀滅。」

「但是……」

我偷偷從外星人身上移開視線，尋找著該說什麼。

我想著「那應該不可能辦到吧？」人類變成這樣之後，怎麼可能還能活，怎麼可能不死掉。就算我再笨，也懂這種小事。

但是，外星人拚上他的性命來到這裡。來到這裡找我，可以的話，我不想說那全都是白費工夫。猶豫到最後，我只能腦袋空空（實際上也幾乎如字面所示）地「欸嘿」笑了一聲。

「總之，先把難懂的事情放一邊去——」

連我自己也覺得轉換話題轉得超爛，但我已經想不出其他方法了。

「現在要不要去哪裡啊？那邊有機車對吧，我們雙載到哪裡去……哪裡都好，帶我去好玩的地方吧。雙載夜遊之類的，我從以前就很想要試試看呢。約會、出去玩、創造回憶，好嗎？」

眨呀眨呀眨，我用盡全身力氣高速眨眼。

「嗯，但我希望不是現在這樣，而是穿著更加閃亮、輕飄飄的迷你洋裝，穿高跟鞋露出腳，超級可愛的我才好……機車也是，不是那樣，而是更加閃閃發亮、漂亮的顏色才好……不過我想要去，可以吧？拜託！」

吃我一記，漆黑的性感眼線，眨眼拍動睫毛撒嬌看看。但外星人不理我，用力搖頭……

「還不是選擇這個選項的時候。」

他放開我的手，抓住我的肩膀用力搖晃，「妳聽好了，邏邏，」搖搖晃晃，「啊、啊，你別這樣，我的腦漿流得更……」

「我不會放棄，這是可以避免的。」

「欸…………不好說吧。」

「可以。『外星人』的我都這樣說了，就是『真的』，可以相信對吧？」

「相信，我相信啦，但是。」

「用剛才的比喻來說，就是鳥山沒畫《七龍珠》而是去畫《人小鬼大》。得要回到過去的某個時間點，放棄《七龍珠》的原稿，開始畫主角是西瓜皮髮型小男孩的四格漫畫才行。邏邏，妳需要選擇那個鳥山畫《人小鬼大》的世界。」

「但是，《七龍珠》和《人小鬼大》開始連載的時期相同嗎……」

「所以說是比喻啦！就只是比喻！妳要全新創造出和『這個』不同的世界、不同的現實！然後選擇！確實選擇和『這個』不同的那邊！」

「就算你要我『創造、選擇』，我也聽不懂啦。」

「好好思考，鳥山！」

「我又不是鳥山。」

「冷靜下來，回想起來！要改變就是那時候！那時候！妳知道吧？要去了喔！」

「欸、欸，等等啦！是要去哪？那時是哪時啊？」

「

——對不起，在此暫停。

我把自己變成犬字旁從夢中醒來的那一刻開始，到此一瞬間稱作「X」，這也是我擅自加上的符號。我邊哭邊在血泊中醒來，遇見外星人，說了《七龍珠》和《人小鬼大》的話題。接著，他打算帶我到某個地方去。這一整段時間稱為「X」。

大家，要好好記住這個「X」的部分喔。

因為接下來會回到這裡好幾次。

那麼接著繼續。

「欸、欸，等等啦！是要去哪？那時是哪時啊？」

「高一春天，紅色電車前面算來第二節車廂！」

外星人的眼神飛進我的身體裡。不知道是要往前進、還是要回到過去，繩結又更加牢固地纏成一團了。

我懂。狀況很糟糕啊。即使如此，我還是要繼續說下去。總之，大家請好好跟上我。

3

高一春天，紅色電車前面算來第二節車廂。

從車窗往外眺望，住宅區的櫻花早已全掉光了。居高臨下看著城鎮四處都是茂盛的鮮綠色小山，新葉色澤還很溫和柔軟，總覺得那是燙一燙就很美味的青花菜。

我每天都會搭這輛電車。

去學校時、回家時，固定時間、相同車廂、相同位置的車門旁空間，我總是看準這個位置上車。

我已經這麼做一個月以上了。

這個位置很棒。就算有位置我也不會坐下，就喜歡這樣站在這裡。

從離學校最近的車站上車的回家路上，電車會在第二站停下來。車門打開。要下車的人下車、要上車的人上車。

那三人組也會上車。

（來了……欸……咦？咦、咦？騙人！哇！）

我在腦海中大叫。

（頭髮，好黑……！）

車門關上，電車再次開動，我成了壞掉的立鐘。胸口裡的心臟怦怦跳、火災、祭典、失控的馬。耳朵、鼻子、額頭都好燙。整張臉是一團火球。

近在身邊的對話聲傳入耳中「……然後啊，阿盛就在那裡耶。」、「什麼？那怎麼可能啊。」、「你又誇大了吧。」、「沒有，我說真的！」

我絕對沒辦法把臉轉過去，總是悄悄側眼偷看。從這個位置就能看見他。

「笨蛋，你別開玩笑了，就說不可能啊。」

——柔順黑髮，隨著他的笑聲擺盪。

內臟都要反轉從嘴巴裡跑出來了，我立刻別開眼，但又忍不住看了。腦海中的喧囂停不下來，血液在全身橫衝直撞，缺氧，喘不過氣，我不讓任何人發現地急促喘氣，拚命裝出在看窗外的樣子。

那個三人組，大概有八成的機率一起出現。

他們總是在同一個車站上下車，似乎是離學校最近的車站。隨意套著制服西裝外套，肩上背著變形的書包，總是同一群人混在一起。早上不太說話，放學時就挺吵的。

其中一個人的側臉，對我來說是劇毒。

光偷看都快窒息，說不定連心臟都要停了，卻沒辦法要自己不看，又沒辦法好好正眼去看。

因為今天早上沒見到……

（哇……哇……哇…………！）

睽違一整天的側臉。超級、無敵刺激。因為啊，他的髮色又換了。應該說染回黑色了。好想看……沒辦法看……但又好想看……但又沒辦法看，激烈左右轉動的眼睛好忙碌。

修長頸項，解開扣子的衣領，微長瀏海間露出的眼睛，稍微往上吊，就算眼帶笑意也能讓氣溫降低五度，還有像是只有他一個人活在高海拔處的高駣身材。從制服舊舊的樣子來看，肯定不是新生，年紀比我大，他感覺很成熟，或許是高三吧。如果他的那雙眼睛看向我，我有自信我絕對會死，肯定是燒死……不對，是變成冰塊凍死。他應該是用冰之魔法而不是火之魔法。雖然是猜的，但絕對是這樣。

我一開始沒太多想法，雖然從春天開始就讀女中，但在這之前也是讀普通公立國中和男生並排坐。異性並沒有特別稀罕，也沒有特別感覺。我連續三天都搭上同一節車廂，也只是覺得「還真常見到這三人組呢」，僅此而已。

下一次再看到時，三人組其中一人突然變成金髮。

嚇我一跳。

「哇～～好厲害啊～～」的感覺，覺得「他們的校規也太鬆散了吧～～」。

頂著金髮過了三天後，又嚇了我一跳。

金髮變成銀髮了。

絕對比金色更適合他。

瀏海下醒目的細長眼睛，自然而然地吸引我的目光。就這樣，連眨眼也辦不到，我的眼睛沒辦法離開他身上。

他彷彿是未知的生物。

我甚至覺得是第一次見到。

明明在這之前已經見過他好幾次，他就是這般，突然變成一團謎。彷彿幻影，或是想像中的存在。雖然在眼前，卻可能不是現實，說不定其實根本不在那裡，或許是絕對不能碰觸，不同世界的神祕生物體，我眼中的他就是如此。

不只是被他的髮色吸引，他慵懶的動作，以及有點壓抑的笑聲。手腳修長，有點駝背，低頭時，可以看見脖子上的藍色血管。還有特別整潔的指甲，光滑的下顎線條，和我完全不同的肩寬。不管哪一點，看起來都和其他人不同，人潮中，只有他發出光芒，每發現他一件小事，都讓我承受槍擊般的衝擊，每一個瞬間，都會發現新事物，這一切皆更加吸引我的目光。

過了三天，這次變成紅髮了。

又再三天後，變成紫色。

他的髮色嚇人地換過一個又一個鮮豔色彩，下一次是什麼顏色呢？我絕對不想錯過，每天拚命尋找著他的側臉，而他和朋友總是從同一個車門上車。

我不知道他的名字，也不知道年齡，只知道從哪個位置最容易偷看他，我只清楚知道這點。

那就是這個位置。

（又染回黑髮啊……！太超乎想像了！哇…………！）

我邊在心裡大叫，立刻打開ＬＩＮＥ，迅速傳訊給朋友。『見到了！染回黑髮了！』朋友立刻已讀，回訊『真假』。『鬼等級的頭髮角質』已讀。『滑順啊』回信。『滑順的清爽薄荷男！』已讀。真的就是柔亮滑順，染回黑髮的他，頭髮仍然漂亮，都讓人冒出「為什麼」的疑問了。

『沒辦法拍個照嗎』

看見朋友傳過來的訊息，我的眼珠差點掉出來。「笨……」我忍不住喊出聲了，趕緊嚥下去後發抖，這個笨蛋是在說什麼啊。『辦！不！到！』已讀。『沒辦法試試看嗎』……真的是在講什麼啦，我傻眼，決定處以已讀不回之刑，一般來說，當然不可以偷拍，先別說會不會被發現，這是做人最基本的禮儀啊。

（但是，照片啊……）

要是有照片，不只可以想看隨時看，還可以放大來看，要是有影片，我還可以戴耳機清楚聽他的聲音，那在耳朵深處響起，僅屬於我的，他的聲音。「笨蛋」啊「喂」的，全都能聽到飽。光是想像，都讓我心臟快從嘴巴跳出來了。

（糟糕，我超級想要啊……喂，不行！不行不行不行！絕對不可以偷拍！）

肚子用力，吐出又熱又長的一口氣，那是絕對不可以跨越的界線，不管再怎樣單相思，不管我是個多無害的高中女生，不能做的事情就是不能做。

好不容易平息呼吸，我緊緊咬唇。又側眼看他。如果沒辦法得到，至少要用眼睛好好看著，得烙印到視網膜燒焦才行。

（啊啊，要是我視力再好一點就好了，有個4.0就好了，有那種眼鏡嗎？就算沒有近視也能讓眼睛功能異常變超好的那種……啊，望遠鏡啊，望遠鏡……可以在電車裡自然使用望遠鏡的狀況……沒有啊，既然如此，乾脆從遠一點的角落，用大砲那類的鏡頭拍還……話說回來，咦？我是不是有點恐怖啊？不覺得越來越像跟蹤狂了嗎？）

我當然沒打算造成對方困擾，只是這樣看著他就夠了，嗯，如果可以的話，至少想知道他的名字啦。啊，也想知道年齡，還有……

（不知道他有沒有女朋友。）

這很重要，或許有，他有女友也不奇怪，但是……

（如果有，應該不會總和另外兩個人混在一起吧。也、就、是、說……）

可能沒有。如果沒有就太棒了。希望他沒有。如果沒有的話——我的妄想開始全速往前衝刺。

（沒有女友的滑順秀髮薄荷男子，某天，他注意到總是搭乘同一輛電車的高中女生。這個女生一直、一直盯著他的側臉看……）

低下頭，閉上眼，再張開，再看。他在笑。「話說，你別什麼事情都怪罪到阿盛身上啦」他敲了身邊朋友的肩膀一下，露出亮白的牙齒。

（……終於要對上眼的那個瞬間。我們彼此，都被包裹在不可思議的心情中。像是很久以前就知道他，像是很久以前就已約定要相遇，像是終於回到令人懷念的地方……讓我有這種感覺。立刻互相吸引，陷入熱戀……）

約會、告白、情侶、回憶、紀念日、僅屬兩人的，特別夜晚。說說而已啦。

喔——

我想要胡亂敲打腦袋，可以的話，想拿什麼硬物敲。腦袋裡不停擴大的妄想發展如怒濤般讓我想瘋狂敲打。偷想到自己幾乎要窒息，連腳步都不穩了。

（騙人，糟糕，所有想像都好清楚！看見未來了！）

我或許笨到極限了吧，真的快哭出來了，妄想中的我們過於浪漫，非常恩愛，太完美了。

（最後，經過數十年歲月後，他也老了，遠處聽見浪濤聲，他拄著拐杖，一步一步爬上海邊旁的坡道。在他身邊的當然……咦？）

同樣年邁，白髮鬆鬆綁成一束的女性。隨風飄動的碎花長裙……咦？

等等。

（我以為自己絕對不可能穿長裙耶。因為身高不適合啊，難道老了之後，品味也會隨之改變嗎？）

不對，現在不用在意那種小細節，總之，那幅場景如此接續。

（兩人結婚後也一直過著幸福生活。孩子們早已離家，過著平穩的日子。他又提起了年輕時的相同話題。像是尋找什麼重要之物般指著雲朵那頭，接著直直往下描繪出軌跡。他的身邊有張笑容，笑著說：『那件事，根本沒有結局呢。』然後他會這樣回：『沒錯，然後還會重複無數次。』兩人自然牽手，腳邊兩個影子相隨——）

此時，電車突然劇烈晃動，大概因為我沉浸在妄想世界中，腳步沒有踩穩。

「哇啊！」

我大幅度往斜後方踉蹌，甚至沒抓住握桿，雖然我努力調整姿勢避免跌倒，但是……

「啊！哇！哇啊……！」

沒有用。

往旁邊一踩，偏偏就狠狠地往三人組其中一人身上撞上去。撞擊讓我的手機掉在地上，反射性彎腰撿手機時，手提袋的東西全部掉落一地。「呀！」我露出蠢樣，毫無保留地大叫。「沒事吧？」根本沒心思確認是誰問我。「討厭討厭討厭討厭騙人騙人這是怎樣啦該怎麼辦啦……！」邊說著不知所云的內容，腦袋一片空白。要哭出來了，不行了啦，好想死，結束了啦。總之全神貫注地撿東西，全部塞進手提袋裡，抓起手機，接著列車又給我最後一擊，「呀！」這一次是朝反方向大晃一下。我差點跌倒，但勉強用歌舞伎的姿勢撐住了。這次我好不容易抓住握桿，電車也到站了，是我要下車的車站。

「不好意思……！」

根本無法回頭，從敞開的車門衝上月臺，只想逃走。真的好想哭，我要換電車了，絕對要換電車。我只想在昏倒前逃離現場，背後卻傳來大喊：

「啊！等等，那個水手服的！」

水手服？我？我停下腳步。

「那個！是我的！」

「欸？」我轉過頭，車門咻地關上，玻璃另一端，電車裡，三人組的其中一人慌張看著我。「我的手機！」車門完全關上，遮擋他的聲音。

手機？

我呆呆看著雙手抓著的東西，右手是我的白色 iPhone，左手是，同樣白色，但是更輕薄……咦？

「欸、欸，騙人，怎麼這樣！」

不理呆若木雞的我，電車慢慢開動。我呆呆看著從我身邊經過的車窗，動彈不得，什麼也無法思考。

怎麼辦、怎麼辦、怎麼辦——遠去的玻璃窗，我看見黑髮的他靠近窗戶。我忍不住在月臺上跑了幾步，追逐電車。他對著我張口說著什麼，但我聽不見聲音，我不知道他在說什麼，他的指尖似乎指著我的手上。

電車加速離開了。

我一個人被留在月臺上。不知道該怎麼辦的我，只是想哭地看著手上的陌生手機。手機突然震動，我嚇得「哇！」大叫，畫面跳出ＬＩＮＥ訊息。

『就這樣在那邊等著，我們回去』

傳送訊息的用戶名稱是「健吾」。

我真的就這樣站在月臺上相同位置，一動也不動地等待。

過一陣子，反向的電車來了，三人組在對面月臺下車，馬上找到我：

「喔！太好了，我的手機！對不起喔，撞到妳的時候我的手機也掉了啦。」

「……」

在滿臉笑容接近我的那個人背後，他，就看著我。

腦袋無法運轉到讓我驚嚇。如傀儡般自然舉起左手，把手上的手機還給主人，連「對不起」也說不出來，明明該說的啊。

我也看著他。

「話說回來，妳剛剛沒事吧？腳有沒有拐到之類的啊？」

「拐到是什麼啦，一般會問有沒有扭到吧？」

「咦，不會說拐到嗎？我家都這樣說耶。」

其中兩人在說話，他什麼也沒說，還看著我。

而我……

「……啊，這個、那個、這個、那個、那個……」

我已經到極限，完全不知道自己在說什麼，也不知道自己打算要說什麼。腦袋完全當機，臉大概也染得全紅。

「嗳、嗳，會說拐到吧？女生也會說拐到吧？」

「才不會說，是扭到啦。你家口音很重喔。」

「騙人，第一次有人這樣跟我說耶，喂，健吾，會說拐到吧？」

他眼神酷酷地回答：

「不會說。」

稍微笑了，邊笑，邊對著眼睛已經僵直的我說：

「哎呀，冷靜一點。」

好的，我徹底壞掉了。這一瞬間，已經完全超越了我的精神容許量。理性、常識、社會性，「那」滿溢、「個」掉了，「那個」變成無，「這個」只有無從掩藏的慾望從底部，如小島般突然出現。

「照……照片，」

「欸？」

「可以……拍嗎……咦……哇…………」

我在說什麼啦。真的只能「哇」了啦，怎麼辦，我自己也倒退三尺，但覆水難收，他也訝異地歪著頭：

「什麼照片？」

那雙眼，緊盯著我看。我已經失去意識了，連自己在做什麼都搞不清楚，食指直直指著他的臉：

「……」

一句話也說不出來。但是，我的意圖肯定相當明確吧。

三人組的另外兩人面面相覷，沉默一陣後，爆笑出聲。「什麼，健吾的照片嗎？妳竟然想要那個嗎？」、「話說回來，只有健吾嗎？我們的不需要嗎？」

他看著我，稍微縮了下顎，雙眼眨個不停。

「……真的假的？」

點頭。

「……我的？」

拚命點頭。

「……為什麼？」

我邊點頭，邊忘我地回答：「頭、頭髮顏色的……紀錄……之類……的……？」

我的聲音越變越小。

沒錯，我是個奇怪的高中女生。

真的好想哭。

我知道，我現在已經完全沒救了。我已經完全變成有問題的人了。對一般人來說會很恐怖吧，會覺得很噁心吧，如果是我我就會逃跑。或者該說，快逃啊，請快逃走。我半祈禱看著他的臉……

「啊，那。」

他很自然對我擺出YA，「這樣可以嗎？」

騙人。

我什麼也說不出口，只能想著。這樣不行吧。就算有個女生跑出來說想要拍照，也不可以這樣隨便擺出ＹＡ讓對方拍啊，明明不知道我是何方神聖耶。在這種ＳＮＳ全盛時代裡，也太沒有資訊素養了吧。

回頭看向僵住不動的我，他邊說著「……不拍嗎？」邊放下比ＹＡ的手。

「不拍的話，那我們就……」

「好的好的，健吾別動。你的表情太僵硬了啦，難得有個這麼可愛的粉絲耶，笑容多一點吧。喂，擺好姿勢啊。」

「對啊對啊，這種機會一輩子就這一次耶。話說回來，妳叫什麼名字啊？」

話題突然跑到我身上，嚇我一大跳。

「邏、邏邏……」

「邏邏邏？真假？本名嗎？姓什麼？那身水手服是哪間學校啊？」

「邏邏……兩個……邏，觀看波浪的觀波……」

我原本打算說「觀波邏邏，神宮女子高中一年級」，但後來還是放棄了，我默默閉上了嘴。

已經永遠不會有下一次了，再也無法和這個人見面了。因為太羞恥了，明天就要換一臺電車，這就是最後一次了。

所以，不可以把自己的事情說出口。

決定之後，我自暴自棄啟動相機，反正都最後了，怎樣都沒差了啦。不管他怎麼想我都可以，我毫不客氣地把鏡頭對著他。他還比著 YA 等我。但我的手在發抖，沒有辦法好好對焦。

肯定是因為氣勢過猛了。因為啊，既然如此，就想拍出最棒的照片啊。想要拍出一生回憶的照片。想要可以看一輩子的寶物。我努力忍住淚水，拚命看著畫面，此時突然發現了。

他的臉好紅。

抬起眼，對照本人與手機畫面，我果然沒看錯，他臉好紅。

發現這件事的下一個瞬間，我忍不住小聲說：「咦？好像人類喔……」

大概是聽到我的呢喃，滿臉竊笑在旁看著的兩人同時噴笑出聲：「噗哈哈哈哈！這句話太棒了！」、「這句話超級爆笑啊！」用力拍手，痛苦地笑彎了腰。

看著這兩人，他有點不甘心地皺眉：

「……我是人類啊。」

他的臉頰染上更鮮豔的紅。畫面中，他稍微鼓脹雙頰：「這也是沒有辦法的吧。」還規規矩矩地維持YA的姿勢。

我想看一輩子的，就是這張臉。

出現這種想法時，我按下了快門鍵。

拍好了。

心臟高聲鼓動，幾乎要衝破胸口。我緊閉眼睛一次之後，拚命抬起視線，想要看看現實中的他……

「失敗了。」

我嚇一跳。「──嗚，」iPhone從我手上滑落。

原本該在面前的他消失，取而代之的是……

「外星人！」

發出藍光的外星人站在那裡。背上揹著氣瓶，臉上戴著面罩，居高臨下直直看著尖叫的我。

「邏邏，妳在幹嘛？不是這樣吧。」

我無法理解外星人為什麼會在這裡，事出突然，我連叫也叫不出聲。連求救也叫不出來。只能軟腳跌坐在月臺上。

「妳重複相同舉動就沒有意義了啊，不選擇不同的行動，這一切就毫無意義啊。妳應該要說照片沒有拍好，然後直接道歉逃走才對。接著再也不見面就好了。但是為什麼，妳為什麼又做出相同舉動……妳有在聽嗎？邏邏？」

外星人彎下腰，湊近我的臉。我想要逃開他的視線，這才終於發現。

這是夢，是夢境。

「真是的……總之，妳在五年後等著我，我不會放棄的。」

因為我知道啊。

現實當然不是這樣發展，不是這樣，而是——

拍好了。

心臟高聲鼓動，幾乎要衝破胸口。我緊閉眼睛一次之後，拚命抬起視線，想要看看現實中的他……

「……剛剛那張可以嗎？」

我用力點頭回應他，偷偷深呼吸，重複好幾次，好不容易調整好呼吸後，眼睛也往上看。

「健吾，你要好好自我介紹啊。」

「就是說啊，和人家當朋友嘛。再多說一句話吧，這也是為了寂寞的我們著想啊。」

「啊啊，對了，名字，」

他用拇指指著自己……

「荻尾健吾。」

「……我是……那個……」

「『邏邏』。」

還紅著臉的他——荻尾健吾呼喊我的名字。

「已經知道了喔，邏邏。」

「……」

我們就這樣互相凝視，無法動彈一段時間。

為什麼這麼令人懷念呢？彷彿結束了漫長的旅行回到家中，心情越來越平靜的感覺。

我完全不明白。

＊＊＊

X

「欸、欸，等等啦！是要去哪？那時是哪時啊？」

「變要好後的第一個夏天！」

變要好後的第一個夏天。

「……騙人。」

久違地再見到健吾，看見他的頭髮，正確來說是看見他的頭，讓我說不出話來。在約好的車站大樓內用區裡，尷尬的沉默持續著。準備見到面時要對他說的好幾種對話全部忘光光，我只能說出「那個……真的假的啊？」這種蠢話。

「已經可以了吧。」

「該說可以嗎……還是該說……不太行……」

「沒有那麼奇怪吧，挺涼的啊，我還滿喜歡的耶。」

確實是不奇怪，但是，也不是不適合他，我思考著該說些什麼話。

「……該怎麼說呢……『棒球隊的夏天』的感覺？」

健吾單手摸著小平頭，有點不高興地嘟起嘴。

「什麼都可以，就別叫我棒球隊。老是在學校裡踮腳站立訓練小腿，說著一個月乳清蛋白就要花一萬之類的，那種實在熱血到煩人。我永遠無法理解那些傢伙。」

從櫃檯接過托盤，面對面在桌子旁坐下，健吾用吸管喝烏龍茶。因為他討厭含糖飲料，所以老是喝水、氣泡水或茶，我則點了冰咖啡歐蕾。

「啊……也是啦，夏天的棒球隊不可能還白成這樣啊。」

我喜歡含糖飲料，所以還加了糖球。

「對了、對了，如果被誰問起髮型的事情，我打算要說因為我到寺廟去當志工。」

「要是有寺廟連志工都剃頭，那可是大有問題耶，笑死人。」

「話說回來，邏邏，妳加那麼多糖啊？」

「不行嗎？」

看著我正在倒第二顆糖球的手，健吾皺起眉頭。

「沒啦，只是覺得也太甜了吧。」

「沒關係，我就是想要很甜嘛。難得你請客，我就想要很甜，盡情享受啊。要是太清淡，『咻』一聲就喝完了嘛。」

然後，喝完就解散了。我不想要那樣，想盡可能拉長時間，多一秒也好，我想和健吾待在一起。

我當然不會全說出來，而是藏在心裡。我當然知道考生的時間很寶貴，但能見到面讓我好開心，所以我邊喝著超甜的咖啡歐蕾，邊「欸嘿嘿……」的笑著。他的新髮型也越看越習慣了。「什麼啊，妳幹嘛『欸嘿嘿』啊？」、「沒什麼啦~~」、

「感覺牙齒都要融化了。」、「又沒有關係～～」、「不好吧。」沒關係啦，真的。應該說事到如今還能說什麼。不只牙齒，我的骨頭、嘴巴、眼睛耳朵所有一切，器官的每個細胞，都在健吾面前融化了。

那天，在車站月臺交換ＬＩＮＥ以來，我們幾乎每天都會聊天。在電車中會說話，也會坐在月臺的長椅上聊天，還會用手機互傳訊息。

我一開始叫他荻尾學長，接著叫健吾學長，後來馬上把學長變成平輩稱謂，現在則是連稱謂也不加的健吾。配合稱呼變化，我的口氣也變成對待同輩的語氣。自然而然就那樣改變了。

他也告訴我那時為什麼不斷換髮色。

健吾的父母在他小學二年級時離婚，在那之後，他基本上和父親一起生活，但母親也住附近，所以他一直過著頻繁來往父母雙方住處的生活。

他母親春天起和造型美容師交往，對方很年輕，似乎小他母親一輪。健吾擔心母親，於是開始偷偷調查對方。因為他們校規對髮型很自由，所以他裝成一個在玩視覺系樂團，卻抓不到角色定位的高中男生，跟父親借錢勤跑對方男生工作的美容美髮店。

健吾擔心他是不是奇怪的人、是不是看上母親的錢、有沒有其他女人、是不是在玩弄他的母親。

健吾假裝閒聊試探他，耗時超過一個月。他花了好幾千塊染頭髮，不僅頭皮痛得要命，也已經沒辦法繼續向父親借錢，就在他得要重新制定作戰計畫時，美容師終於尷尬地告訴他：

『那個啊，我一開始就發現你是她兒子了……你們長太像了……所以你不用這麼勉強自己常跑來……更應該說，不管怎麼看，你都不像在玩視覺系樂團的人啊……雖然我無法退你錢啦……』

然後，健吾就先染回黑髮了。或許是美容師對他母親的認真心意保護了健吾的頭髮角質層吧。

健吾母親知道這件事後也教訓了他一頓，他也沒辦法更進一步調查美容師了。

接著夏天到來，健吾接到母親要搬家的通知。

因為美容師男友要回去青森老家，母親決定跟過去，將來應該會再婚吧。

『所以再來就沒辦法和以前一樣常見面了，對不起喔。』

健吾也給我看他母親道歉的訊息。

健吾一直相當擔心母親進展神速的新生活。

身為考生卻念不下書，和兩個好友加上我在一起時，也老是魂不守舍。就算對他說「健吾有點戀母情結啊～～」他也不反駁，只是普通地點頭回應：「是啊……」

好不容易撐到暑假，健吾立刻追著母親到青森去。連何時要回來也沒說。

我想著，要是健吾就這樣不回來該怎麼辦啊。再怎麼想，應該都不可能高三夏天還轉學，但是，我相當害怕這個「不可能」成真。雖然還是會傳ＬＩＮＥ，但都是些無關緊要的訊息。健吾三不五時會傳夏天的鄉下風景、和母親他們一起吃飯的照片給我。照片中的健吾開心笑著，這又增長了我的不安。我一直很害怕，健吾該不會喜歡上青森的生活了吧。

就這樣迎接八月，又過了幾天，終於就在昨天，健吾突然回來了。他約我見個面，我急忙打扮一番來到這裡。拚命弄出頭髮光澤，處理手毛、腳毛，在鏡子前猶豫了三小時該怎麼穿搭。媽媽還跑到我房間看：「我還想說真安靜，妳竟然在家裡啊？」我認真地回應：「別吵，我現在認真賭上性命啦！別打擾我！」媽媽說著「哎呀」，立刻就離開了。

然後，健吾竟然剃了個平頭……

「青森怎樣啊？很涼爽嗎？」

「白天還挺熱的，但早晚超級涼爽。我還在那邊買了長袖衣服耶。」

「這樣啊。」

「果然比這邊的夏天舒適多了。」

「是喔～～」我自然地從正前方的臉蛋別開眼，門牙咬著吸管，掩飾如退潮般從臉上消失的笑容。

如果健吾接下來打算要說「所以我打算要住在那邊了」或是「已經決定好哪天

要搬家了」，那我就不想繼續聽下去了。雖然是我無時無刻無比想聽見的聲音，但如果是這種話，我就想把耳朵摀起來。

「我還去看了媽媽男友的新美容院，比我想像中的還要時髦，那傢伙雖然還年輕，卻很能幹呢。」

「……那他們家怎麼樣？你一直住在那邊吧？」

「那是他的老家，就是那種鄉下超大的家。聽說接下來才要蓋他們兩個人的新房。我也有看設計圖，似乎打算蓋個很棒的房子呢。準備好的土地也超級寬敞，對方的爺爺、奶奶也還很健康，然後親戚啊、鄰居啊，常常會拿好料來耶……啊，我傳過ＢＢＱ的照片給妳看了吧？」

「嗯，我看了，超級豪華。」

「是不是，除了肉以外，還有一堆海膽、扇貝之類的海產。」

「你半夜傳那種照片給我，簡直跟恐怖攻擊沒兩樣。」

「沒錯、沒錯，美食恐攻，想殺了我嗎？」

「廢話。」

「太棒了，我就是故意在那種時間傳的。」

「過分。」

「話說回來，我完全被美食吸引了。都開始覺得住鄉下或許也不是什麼壞事呢。」

「啊…………」

我有不好的預感，不希望話題朝這邊發展，我已經無法繼續回以玩笑話了，這樣的話，對話會就此停止。不要，別啊，我不想分離，我想在一起，我們才開始變要好而已，這還是我們第一次單獨見面，我希望健吾能更了解我，我也想更了解他。

如果現在分隔兩地，還只是朋友的我們，就到此結束了。

「……然後啊，妳看照片，就是那種感覺吧？感覺超開心的吧？其實啊，氣氛根本一觸即發咧。」

「什麼？」

我抬起盯著吸管套看的視線。

「一直吵架，不管是吃飯的時候，還是其他時候，吵不停。」

我看著健吾的眼睛，話題朝我預料外的方向發展。

「這樣……啊……？」

「就是。話說回來，我一開始就是打算全部破壞光才去的，管他對方是不是正經傢伙，我絕對不同意母親再婚。所以啊，我責備她了。」

健吾有點戲劇性地加重語氣：

「我還未成年耶！妳要拋棄小孩嗎！就算妳和老爸離婚了，妳還是母親吧！搬到這麼遠的地方也太不負責任了吧！父母就該以孩子的生活為最優先吧！——我一直重複這些話。」

雖然我什麼也沒說，健吾卻聳聳肩：「我也知道啦，自己這樣跟小鬼頭沒兩樣，」小聲換氣後，又加重語氣：

「但是啊，我沒有錯。兒子都說想和母親在一起了，她卻拋下我不管跑到遠方去耶，這太奇怪了吧。比起未成年的兒子，竟然以自己的戀愛為優先，這到底算什麼母親嘛。然後啊，我爸就打電話給我，跟我講『虧你長那麼大塊頭，別跟孩子一樣，那和你沒關係吧』，然後啊，不知道為什麼就換成我爸和我媽吵架。就是輕微的……地獄？」

健吾又再次停下來，喝了一口烏龍茶。接著看著我的眼睛說：

「前天晚上啊，大家已經是這種感覺了。」

他用雙手的食指畫出從眼睛往下流的兩道線，而且重複好幾次、很用力。健吾也包含在「大家」當中吧，身高一七八公分的高三男生，外表其實已經與大人無異。即使如此，也不代表能和大人一樣壓抑情緒，要是問起，他絕對會笑著說「才不是」吧。

「說是討厭什麼……才不是認真覺得『我不想和媽媽分開』，只是『突然驚覺，對母親來說最優先的人不是我』的感覺吧……真的跟小鬼頭一樣。但是啊，雖然想要相信在這世界上有著那個絕對最重視我的存在，但實際上根本哪裡都找不到……

不覺得那真的有種『都結束了』的感覺嗎？沒辦法立刻接受吧？當然還是有父親在身邊，但就是不同啊。」

他用眼神問我「妳懂我想說什麼嗎？」我一點也不了解健吾的父親，但我知道，總之對健吾來說，母親是完全不同種類的存在。我輕輕點頭。

「然後啊，就在這樣爭執之際，演變成『既然這樣說，那你乾脆過來這裡吧』。」

「欸？」

「是不是，想要『欸』吧，真的是。」

「不是吧，那……學校怎麼辦？正常想不可能吧，絕對不可能。」

「就是啊，所以我就跟她說，我也有自己的生活，現在也不可能轉學，又快要大考了，絕對沒辦法搬家。我拿手機照片給她看，跟她說我還有朋友時，那個跑出來了，妳傳給我的那個。」

「那個是？」

「妳拍我的那張照片。」

就算不看，我也能立刻想起來。

在月臺上拍的那張照片，我一輩子都不可能忘記照片中的健吾。甚至不用閉眼我就能回想起來。

「看到那張照片時，突然回想起很多事情。腦袋裡像岩漿一樣『噗哇』冒出來，妳還記得嗎？妳那時候對我說過什麼。」

「我問你可不可以拍你的照片……」

「不對，在那之後。妳對我說：『咦？好像人類喔。』那句話清楚冒出來，然後我也『咦？』了一下，看著又哭又生氣又吼的媽媽，突然覺得『她好像人類喔』，應該說……『是人類耶』。只有一條命、只能活一次、這世上僅此一人，這樣的人類。在這之前，我從來沒想過這種事，我根本沒想過媽媽也只是個人類。這也是沒有辦法的啊，根本沒人有權利說『別那樣做、改變吧』之類的。就算我是她的小孩，她是我的母親，我還真的是生平第一次這樣想。然後啊，我昨天就想著回家吧。然後，現在就在這了。」

「……媽媽的事情已經沒關係了嗎？」

「算了。」

健吾不在乎地用力說完了這句話，但他再次用了更加平靜的溫柔聲音重說一次：「已經沒關係了。」這肯定是他的真心話吧。

「人類活在這世上，不需要任何人允許吧。然後啊，我在要搭車前繞去那傢伙的美容院一趟，告訴他，希望他不用在意我，只講這句話也有點怪，我就請他順便幫我剃頭。反正很熱，我也厭倦染髮了，他也說算我免費，很好笑吧。」

健吾嘴巴擺出笑容、露出白牙，突然像有什麼迫近眼前般迅速閉上眼睛，接著用雙手食指緊緊壓住眼皮，裝出胡鬧態度繼續說：

「真的，很好笑對吧……雖然嘴上說著沒關係，但實際上，我可能還期待著些什麼吧。在對妳說這種話的時候，我應該就是想要什麼吧。拚命想要什麼、什麼，但『什麼』到底是什麼？到底要到哪時，我才能停止尋找什麼呢？」

聽著健吾的聲音，我輕輕朝他伸出手指。

「我似乎老是感覺有什麼不足，從小就這樣，總覺得有什麼東西從我身上搶奪了什麼，當我像這樣死命攀住時，他們也會用蠻力把我拔開，就是這種人生，我總是在尋找著身邊沒有的什麼……總之，我啊、就是、完全……該怎麼說啊。」

我碰觸他緊緊壓住眼睛的手指，第一次碰到他的肌膚，捉住了他的手腕，往自己這邊拉。

健吾順從地讓我拉著他的手，但沒睜開眼睛。

「妳擁有好多東西，總是擁有好多。每次見到妳、和妳說話時，我總是這樣覺得。不知道為什麼就是這樣想。所以我覺得，這種奇怪的話也能對妳說出口。」

「我不覺得奇怪喔。」

「很奇怪吧，講白一點，不覺得我莫名其妙嗎？」

「……雖然有不懂的地方，但沒有關係，因為我喜歡聽你說話。」

「真的假的。」

「嗯，所以再多說一點，多說點，我想一直聽下去。」

內用區的桌子上，我和健吾的手交疊，等待他睜開眼睛。

「說些什麼吧。」

「……我好寂寞。」

「嗯。」

「好寂寞。」

「嗯。」

「好寂寞……也，」

薄唇扭曲，不確定是不是笑容。

「我很噁心。」

我也聽見聲音帶著顫抖。

「是啊。」

「……很噁心吧，果然是。」

「但我喜歡。」

「這樣啊。」

「喜歡。」

「……因為妳在這裡，因為我感覺妳在這裡，所以才想要回來。」

「那，我在這裡真是太好了，我很開心你在這裡，我一個人，在這裡，什麼也沒做，只是一直等著你回來。」

健吾慢慢睜開眼睛……

「那什麼啦。」

看著我，突然噴笑出聲。

「是什麼呢？」

我們倆互視，我也笑了。

「下雨了。」

雨水從我的眼睛流過臉頰，激烈落下。我自己也搞不清楚，更沒辦法思考理由。只是雨下下來了，或許還流出睫毛膏的黑色線條。

要是真的是這樣就太悲慘了，但比起用手指擦拭，我更想要感受現在交疊的健吾的手的溫度。那冰冷的掌心，一點一滴地熱起來了。

「……有妳在身邊真是太好了。」

「我一直在這裡，就在這裡，和你在一起。我和健吾，接下來也會一直、一直……」

是誰先握緊手的呢？總之，我們緊握彼此的手，互相拉扯，交付彼此的體重。拉近身體。迅速環伺四周，確認沒有人看著我們，越過桌子，雙唇交疊。

真的只有一瞬間。

但這僅僅一瞬，我覺得我的全部和健吾的全部變成了一個全部，過去的我就是為了這一瞬間而活，未來的我也將為了這一瞬間繼續活下去。

不需要其他任何東西。

邊發抖邊睜開緊閉的眼睛，接著……

「……唔？哇！」

驚嚇過度讓我差點摔下椅子，我慌慌張張抓住桌緣，但沒有撐住，結果狼狽地和桌子一起跌到地上。

健吾明明確實在我眼前的啊……

「是外星人！」

發出藍光，臉上戴著面罩，背上揹著氣瓶的外星人，現在就站在那裡。

「失、敗、了。」

外星人邊逐一拋下每個字，邊走近我，我邊往後退，邊拿手背拚命擦嘴，外星人眼神責備地低頭看著我。

「這樣不就又沒有任何改變了嗎。妳為什麼不改變啊？為什麼要重複相同失敗？別管這個幼稚、煩人又只愛自己的混帳就好了啊，別理他，拋下他回家就好了，但是為什麼啊？邏邏？」

就算外星人這樣說，我也完全不清楚。周遭空無一人，只剩下外星人的聲音在內用區響起。

「妳是鳥山。」

「……不、不是……」

我拚命忍住奪眶而出的淚水反駁：「我是觀波……」但外星人不理我。

「妳別再畫《七龍珠》了，該畫的是《人小鬼大》，不改變就沒有意義啊。」

我像隻剛出生的小馬，雙腳抖個不停無法動彈。想逃也無法逃，我這才終於發現。

這是夢，是夢境。

「明白了嗎？別再失敗了喔，那麼，去下一個吧。」

因為我知道啊。

現實當然不是這樣發展，不是這樣，而是——

邊發抖邊睜開緊閉的眼睛，接著……

「邏邏。」

我用全身聽著健吾的聲音。

「我只有這裡可以回來了。如果妳不見了，我絕對會去找妳。不管離多遠絕對會找到妳，用光速直直去找妳，哪裡都去、幾次都去，死了也不放棄。」

我已經說不出任何一句話，點了好幾次、好幾次頭。

「這樣可以嗎……？」

可以。

這樣最好。

每點一次頭，又降下新雨。

拜託，請記住這場雨。當我們分離時，我會下雨來呼喚健吾，當你聞到下雨氣味時，就來找我。我只希望讓健吾找到我，不管在哪裡、不管何時，我都等著健吾來找我。

永遠等著。

＊＊＊

X

「欸、欸，等等啦！是要去哪？那時是哪時啊？」

「交往後隔年，分隔兩地之後！」

交往後隔年，分隔兩地後——算一算也才四個月。

我沒有想到，我們兩人的關係這麼早就要面臨考驗。

朋友說過的話執拗地在耳邊響起，『那不就表示早結束了嗎？』、『反正他肯定樂不思蜀啦。』、『自己住的大學生怎麼可能不玩啊。』、『我聽學姊說，社團的飲酒會似乎很誇張耶。』、『快忘了他吧。』每當我反駁『……才沒這回事。』他們就會回以兩、三倍我不想聽的話。最近已經不想反駁了，只是在心裡想著：

（才沒這回事，他可是健吾耶？我的男友，我最、最、最喜歡健吾，健吾也……）

會這樣想，但是。

嘆一口氣，拋開緊握著好幾分鐘卻動也不動的自動鉛筆，筆哐啷哐啷滾向咖啡廳小桌子的那頭，攤開的教科書沒任何進度，眼睛無法在文字上對焦，飲料完全變常溫，水滴染溼玻璃杯。明明該準備考試，為了念書，還從零用錢中拿出將近五百日圓，一個人來咖啡廳耶。

現實挺嚴峻的。

（……健吾也……喜歡我吧？我可以相信他吧？）

呆呆看著筆記本，空白處畫滿漩渦，這是我沒認真上課的證據。轉著轉著終於轉到混亂極限，左轉右拐迷失方向，來來回回畫著螺旋，亂七八糟的線條糊成一團，只是無謂的在弄髒筆記本，最後終於突然停止，或許是我打起瞌睡了吧。

三月底，升上大學的健吾離開了家鄉。

那時，彼此根本沒任何擔心，只要有手機，就能講電話也能傳LINE還可以用FACETIME，無論如何都想見面時，週末回來就好，搭新幹線一個半小時就能到，健吾說著「就只是這樣而已啊」笑了。

「就是啊，話說回來，如果因為分隔兩地就不安只表示羈絆太弱，我們沒問題真是太好了。」說出這句話後笑的人是我。

那個暑假，在內用區接吻後，我們開始交往。在那之後，我一直都好幸福，才不覺得幸福會被這種小事破壞。

結果，輕而易舉就變成這樣是怎樣啦。

在約好的時間聯絡，只是這種小事，健吾都無法遵守。沒辦法打電話，用LINE傳一句訊息也好啊，為什麼連這個也做不到啊。我不知道沒有聯絡時，健吾在哪裡、在幹嘛。好不容易有消息，問他在幹嘛，他卻老是找藉口：在睡覺、在喝酒、和朋友在一起、在念書、忘了帶手機出門、在外面不太能說話、再來要打工、想睡了所以明天再說之類的。然後到了明天，再度行蹤成謎。

我的要求也沒多困難，只是希望每天都能聽見聲音、看到他的臉，說著今天發生了什麼事，明天要幹嘛，這樣分隔兩地有多寂寞，彼此有多麼強烈想著對方之類的，想要聊完這些之後再睡覺。就算分隔兩地，也希望有在一起的感覺。這就是我的心情，我也希望健吾有相同心情。

只是這樣而已，為什麼做不到啊，為什麼要讓我如此煩惱啊。

（他明明不是那麼散漫的人，還是太快樂的大學生活改變健吾了嗎？他已經覺得我不重要了嗎？）

又嘆了一口氣，直直盯著橡皮擦看。白嫩、方正，好想要咬一口，想用門牙咬下這個彈力感。我用指尖把橡皮擦彈到桌邊，取代真的把它放進口中。不斷思考著為什麼、為什麼。轉啊轉的，轉不出答案來，昨天的定時聯絡也被他放鴿子了。那些「為什麼」不斷在心中畫圈圈，雖然最後沒想出答案，卻取而代之地想出了另一種看法。

（與其說改變了，或許我其實打從一開始根本沒有徹底了解健吾是怎樣的人。）

才剛交往，健吾就像突然清醒般開始念書應考。那時已經是高三夏天，當然晚大家一步了。所以我總是小心翼翼不打擾他念書，忍耐著、壓抑自己。不管多想和他在一起，也不會黏著他在外面玩好幾個小時，不管多想聽他的聲音，也不會強迫他和我聯絡。就算他沒有回訊，反而會想著他在認真念書而安心。

我一直這般支持著健吾，健吾也很開心我支持他。對我說了好幾次「有邏邏在我身邊，我才能努力」，我想那是他的真心話。

只不過，起步太晚，結果當然也不好。首先，中心考試的結果，據他本人表示：「這怎麼可能……」，第一志願的當地國立大學前期入學考「啊啊…………！」慘摔一跤，私立大學也一間接一間「唔啊啊…………！」落榜，國立大學後期入學考也「……嗚啊，喔啊啊……！」只得降低志願學校的程度了。接著「太棒了！邏邏，我辦到了，不用重考了！呼～～！」好不容易才考上無法通勤的地區國立大學。健吾也因此搬出家裡自己住。

回想起來，交往近一年，大半時間都以健吾準備應考為最優先，之後就分隔兩地生活。我們兩人相處的時間，並沒有長到足以好好了解彼此。

我覺得健吾變了，或許，健吾同樣也覺得我變了吧。

我呆呆地看著 iPhone 裡留著的我們兩人至今的對話。

只要我生氣「為什麼不好好聯絡我？」健吾就會向我道歉，但行為還是沒改。這讓我越來越生氣，健吾大概覺得這樣的我很煩吧，也越來越不和我聯絡。我拜託他「我想和你談一談，拜託你這週末回來」，他也說「進入考試週了，沒辦法回去」。

『妳也差不多要期末考了吧』

「但週末又沒有關係」

『真的沒有辦法啦』

「當天來回也好嘛」
『我沒錢』
「拜託你，我想見你」
『時間上真的來不及啦』
「為什麼」
「為什麼嘛」
「喂」
「回我啊」
「不要已讀不回」
「討厭啦」
「你很過分耶」
就是這種感覺。
我喜歡健吾，就因為喜歡，所以想隨時感受他的存在，想隨時在健吾身邊。我的右側是健吾的位置，健吾的左側是我的位置。如果健吾不和我在一起，這世界根本毫無意義，等同空無一物，而我就被獨留在這個虛無的世界中。這根本稱不上活著，連呼吸也辦不到，這樣的世界中，連可呼吸的空氣也沒有。

所以，我才如此拚命啊。

（……該不會，拚命努力的只有我一個吧？）

朋友對我說『妳也稍微冷靜一下吧』。還說『妳現在已經迷失自己了』，又說『既然妳會生氣，要他和妳相同心情，這也證明了，妳自己明白兩個人的心情不同啊』。

那時我還想著「聽不懂妳在說什麼」，現在或許明白了，真的就是這樣也說不定。

更應該說，就是這樣。

我和健吾身處不同世界。

其實，我自己也很清楚。

也就是說，答案已經呼之欲出。

（拚了命的人……只有我。）

我沒有驚訝。只是，感覺從高樓自由落體般掉下。掉落的終點，肯定是痛苦、悲傷、寂寞。這樣根本無法長久。已經不行了。如果橫豎都要承受最後一擊，如果就要這樣結束了，再迷惘、煩惱下去也是多餘。

我打開訊息畫面，輸入文字。

『我們現在的狀況似乎不太好，雖然很傷心，但我已經有點不知道接下來該怎麼辦了。如果還』

放棄，重新來過。

『我想了一下，如果你真的還喜歡我，』

這也放棄，我不是想要試探他，也不是想拿什麼當擋箭牌，逼他說出我想聽的話。我真的想問的只有一件事……

『你在那裡，能呼吸嗎？』

只有這個。

輸入文字後，接著就是按下傳送，但是，我按不下去。

對健吾來說，這肯定是句不明就裡的話。他一定會回問「什麼意思？」接著我就得要說明其中意思，我們根本不在一起，沒看著相同世界，不在同一個世界裡。我想和他在一起，不在一起的現在，我痛苦得不得了。我在這裡沒辦法呼吸，已經無法繼續下去，沒辦法繼續待在這個世界裡。

（然後，就說再見。）

這樣就結束了。

我知道健吾的答案，答案其實已經出現了。對話的最後，還是會抵達結束。只要我按下傳送，接下來不管是走哪條路線，終點都不會有變化，這句話就帶著這種意義。

在清楚知道自己打算要做什麼後，鼻子深處一陣刺痛。眼前的景色開始模糊。反正，這不過是十幾歲的戀愛啊，不管覺得再怎麼重要，還是沒辦法孕育出真正的愛情，我偷偷用指背拭去溢出的淚水。

正當我要按下送信鍵的那時……

電話響了。

「……！」

嚇我一跳。

明明不是約好的時間，應該是說，就算約好了他也不見得會打電話來啊，偏偏在這種時候，來電的是健吾。為什麼、為什麼、為什麼。在我猶豫時，手機也沒停止震動。肯定不該聽他的聲音。我應該別接這通電話，冷靜下來，然後送出訊息才對。

我這樣想著，卻又再一次看了畫面中健吾的臉，還有那彷彿在呼喊我的來電聲。看不見的手臂伸出來，朝著我接近，手指就要來抓住我了。那一瞬間，在我心中轉個不停的漩渦輕而易舉停下了，線直直朝著健吾伸過去，彷彿叫喊著「傳過去吧」一。

發現時，我已經接起電話了：

「健吾……！」

叫出他的名字。但耳朵卻聽到：

「失敗了啦，又失敗了。」

這樣一句話。「欸？」我搞錯什麼了嗎？又看了一次畫面，畫面上不是剛剛那個穿著制服外套的健吾笑臉，而是發出藍光的外星人。「外、」戴著面罩，「是外星人！」太無法理解，連叫聲都顫抖了。

「為什麼外星人會打電話給我啊？」

「邏邏，妳又失敗了，完全不聽朋友的忠告，一次又一次重複相同失敗，然後這次又重複相同的失敗了。」

「不對，等等，話說這是騙人的吧，什麼，怎麼一回事。」

「只能去下一個了，這邊已經無法改變了。但我絕對不會放棄，直到妳選擇不同選項為止，我不會停下來。」

「不對不對不對，話說回來、話說回來……啊，對了！我知道了。」

這是夢，是夢境。

因為我知道啊。

現實當然不是這樣發展，不是這樣，而是——

「我也知道。接下來，誠心道歉、重新努力理解彼此、整理互相擦身而過的心情後，『這個』妳在四年後還是會遇到我。因為，妳再次這樣做還是會失敗啊。所以說，邏邏，醒過來，睜開眼睛。」

X

看見出現在收票口的身影，我往前奔跑。

健吾也發現我，巨大包包隨著他的奔跑晃動，他帶著燦爛的笑容穿過自動收票口，然後：

「邏邏！我回來了！」

「歡迎回來！」

他張開雙手，我直直飛撲進他的懷中。雖然他叫了一聲「唔呃」，但我毫不留情，用全身體重壓在他身上，雙手也使出所有力氣，緊緊抱住體溫高如孩童的健吾身體。臉壓上去，用力嗅聞春天的氣息，努力忍住快要潰堤的淚水，我才不管會不會被人看見，因為我們可是從新年以來就沒見過面了啊。

車站前的櫻花正好盛開，因為開花期比往年還早，我們這一屆昨天就在飄落的櫻花雨下迎接畢業典禮。下個月開始，我也是花漾女大生了。

班上女生現在正在卡拉ＯＫ舉辦制服聚會，昨天前還只是單純的制服，今天起就變成角色扮演了。她們也有邀我參加，但我婉拒，而是選擇出現在這裡。從剛剛開始，參加卡拉ＯＫ的朋友就不停傳送樂融融的照片給我。還傳了『還有其他學校的男生來喔～～！還有之前就很想要和妳說話的人耶，妳真的不來嗎？露個臉也好啊！』這種訊息給我。

之所以不能去，是因為我今天想要來接健吾，更何況，雖然說畢業了，但跟我比較要好的女生幾乎都直升同一間大學，我想去的地方除了這裡之外，再沒其他了。我有健吾，無論何時我都選擇健吾。

我用力抓住他背上的衣服，「好想要見你喔！」還跟著尖聲叫喊。

「真的、真的超級想要見你！你春假會一直待在這邊對吧？我有好多話想對你說，也有好多地方想一起去！媽媽也要我帶你回家吃飯！」

此時，興奮說話的我的耳邊傳來：

「……失敗了。」

「欸？」

我嚇得拉離身體，化妝品沾到他的衣服了嗎？但我沒有上粉底，今天只有畫一點點眼妝。當我想要問他哪裡失敗而抬頭時，「唔！」下一秒飛快後退，因為在那裡的不是健吾……

「是外星人！」

發出藍光的外星人。臉上戴著面罩，背上揹著氣瓶。

「邏邏……」

「討厭，別過來！健吾？健吾！」

健吾不見了。我邊環伺四周邊往後退，外星人直直朝我走近。

「所以說，妳這樣根本沒有意義。這時候，妳朋友還找了男生來炒熱氣氛不是嗎？可能會有新的邂逅喔？妳真的該在一起的對象，說不定就在那邊啊。那或許才是正確的命運啊。但是為什麼，妳為什麼又來這裡？妳無論如何都要在重來一次後就忘記了嗎？是這樣嗎？」

那個在試探我內心的眼睛，就像在說「這樣不行」，輕輕左右擺動的頭。聲音和他的走路方法都只透露出危險的氛圍。

「我不懂你說什麼啦！不要來這邊！討厭啦現在是怎樣啦！」

「拜託妳想起來妳該做的事情啊，妳一定知道，再這樣下去不會有任何改變。拜託妳，拜託妳選擇不同選項，邏邏，要改變啊！我們得要走向不同的結局才可以，現在這樣不行啊！」

差點被他抓住肩膀，我尖叫逃開，拚命逃跑時，背後傳來聲音：

「邏邏！我不會放棄！直到妳選擇不同選項前，重來幾次我都願意！下一個！妳在下一個等我！」

這是夢，是夢境。

因為我知道啊。

現實當然不是這樣發展，不是這樣，而是——

X

『差不多要睡了喔』

『好啦，好好睡啊』

『順帶一提，健吾要幾點睡啊』

『已經確定要熬夜了，要做的事情太多，根本沒時間睡』

『真的假的。實習老師還真不是蓋的耶，果然超級辛苦啊』

『根本不是超級辛苦的等級啊，已經要人命了，今天真的超誇張，小朋友說：「哥哥老師，邊出問題邊當鬼來追我們～～」我就說好，然後在豔陽下，邊出問題邊當鬼，大概出完三十題左右，我眼前一片黑，全身抖個不停，手抖到連午餐都吃不了，原本不想吃了，結果還被指導老師怒罵一頓，完全不知道自己在幹嘛』

『哇賽，別忘了寶礦力喔』

『我有帶水壺。然後啊，我還被說沒有寫板書的才華。寫板書需要才華嗎？妳從以往遇見的老師身上，有感覺到寫板書的才華之類的嗎？我到底該怎麼辦啊？真的不會畫畫就是了』

『那該不會單純說你字很醜啊？』

『啊～～原來是那個』

『話說回來，小學生才不會認真看板書，靠氣勢撐過去吧』

『我知道了，我會撐過去，那晚安啦～～眼睛好痛～～』

『等等，眼睛痛？』

『好像是太累？很燻？之類的感覺，從剛剛開始就糊糊的。但我還是得繼續做教具』

『等等等等，你剛剛是不是有說要吃點東西啊？那個怎麼樣了？去廚房看看』

『我去看嗚喔——！』

『？？？』

『嚇死人！我忘記我在煮鍋燒烏龍麵！都已經燒空了！我已經關掉火了！都變炭了啦！』

『什麼！你在幹嘛啦！』

『要是沒有邏邏就要火災了！』

『呀！你這樣不行啦！小心點！』

『失敗』

『什麼？』

『下一個』

『等等等等，這個圖示是什麼？怎麼這麼藍？騙人，你』

『去下一個』

『是外星人！』

X

健吾看著我的小包包，意外地挑眉：「咦？」

「我還以為妳會帶傘來耶。」

「今天不需要吧，而且你也沒有帶啊。」

「不，我以為妳會帶折傘，所以就忘了。」

「全靠別人啊，氣象預報說降雨機率二十趴，雖然媽媽有要我帶傘啦。」

抬頭看天空，高處飄著好幾朵雲，快速流動著。但從縫隙中可以看見藍天，太陽也很刺眼，完全不覺得會變天。我們今天預計要出遠門約會。

「嗯，但應該沒問題吧。不管怎樣，都不可能出現晚上突然下大雨，就在我們躲雨時電車停駛，被絆住的我們沒有辦法回家的狀況啦。快點走吧，健吾。」

「……」

「什、什麼……？」

明明上一秒還滿臉笑容，健吾突然悶不吭聲。

「……咦？」

挽住手的對象，應該是健吾才對啊，但是，「唔」，現在在我右邊的是……

「是外星人！」

發出藍光、戴著面罩、揹著氣瓶的外星人站在那裡。慢慢轉過頭，低頭看著站在他左側的我，外星人開口：

「——失敗了，這裡又失敗了。」

X

「媽媽妳下樓啦！」

「不行，我話還沒說完。」

「不要！結束了！出去啦！」

「妳啊，住在爸媽的家裡卻想要把爸媽攆出去嗎？這種不講理的行為絕對不能容忍。」

「好啦好啦，別說了啦，出去出去出去！」

「啊，等等！」

我的腰用盡全力把想把半個身體擠進房裡的媽媽推出去……

「邏邏！」

「吵死了！別管我啦！」

用力拉上拉門（拉門……！現在還是拉門！這個時代耶！），打斜卡上我愛用的棍子，這樣就沒辦法從外面拉開了。

「因為我嗎？」

健吾縮在我老舊書桌前的椅子上，指著拉門，媽媽肯定還站在拉門那一頭，椅子看起來好像是小模型。

「不是不是。」

「健吾，不是喔。」媽媽的聲音從走廊傳進來，和我的聲音交疊。接著又說：「是邏邏的想法太幼稚了。」真的氣死人。

「就叫妳下樓啦！」

「好啦，那等一下要好好談談。妳現在的態度欠缺冷靜，而且從內容和氣氛來看，也不適合說給客人聽。身為母親，得好好保護妳的面子才行。」

「這樣喔～～我好驚訝～～超謝謝妳耶～～！真不愧是媽媽，好善解人意喔！」

腳步聲往樓下而去，終於走了……才鬆了一口氣而已，腳步聲又往上……

「邐邐，別太晚啊，媽媽醒著等妳。」

「妳別假動作啦！而且不需要等我！明天也要早起吧！……真是的，討厭啦！」

媽媽這次真的下樓了，煩躁的我幾乎抓狂，當場轉過身：

「那是什麼啦！」

手指著腳步聲離開的方向，我氣到全身發抖，大概臉也全紅了吧。

「什麼是什麼，那是妳媽媽啊。」

健吾身穿搖滾樂團T，超級寬鬆的休閒棉褲，一身放鬆到極限的裝扮，滿臉笑容看著我。他單手拿著手機，似乎無法與我有共鳴，最近剪的超短髮型超適合他、超帥，但這份帥氣也沒有辦法壓抑我的煩躁。

「沒錯，我媽媽！不覺得真的不知道那個人在幹嘛嗎！從以前就這樣，搞不懂！無法理解！」

我只是不管怎樣都想要向打工的家庭餐廳請假一天而已。所以裝出虛弱的聲音打到店裡，說我突然發燒。就這樣，我今天裝病蹺掉了傍晚開始的打工。

只是這樣而已。

當然，我自己也知道這是不好的行為。我知道自己帶給別人麻煩，真心對店長、同班表的同事相當抱歉，但是今天無論如何，無論如何無論如何無論如何都想要請假。

健吾今年春天回到老家，當上小學老師了。

健吾夢想至今的工作難以置信地繁忙，不只很晚才能回家，週末也得要帶好多工作回家做。我們根本無法好好約會。即使如此，只要住在附近，像今天這樣，健吾突然有時間時，就可以突然見面。為了見面，就算早已排好班表，我也願意裝病請假。因為我想見健吾啊，這點小事我完全不在乎。如果又遇到相同狀況，下次、再下一次，肯定還會做出相同選擇。因為在這整整四年內，我可是連這種小事也辦不到地忍耐著啊。

媽媽卻責備這麼做的我不負責任。

知道我裝病請假後，甚至還對我說『現在就去店裡，親自為妳做出的行為道歉』、『然後照著班表乖乖上班』耶。

那是怎樣，反而更奇怪吧，而且代班的人早就去上班了。更何況，裝病請假這種事情，大家都會做啊，反過來，我也會幫忙代班。這種時候就是要互相幫忙啊。我這樣反駁後，媽媽根本聽不進去。

『妳在說他人的行為，對妳的責任範圍產生什麼影響了嗎？』

我當然有好好說明自己的心情，但她回：「那妳一開始就不應該去打工啊。」

「可是我需要錢啊……」

「生活費、學費全是爸媽負擔，其他還需要什麼錢？好好說明。」

「但是、但是，健吾這麼辛苦，我好喜歡這樣的健吾，總之就不想造成他的負擔啊……」

「健吾的工作確實責任重大，所以妳也得成為一個能負起社會責任的人才可以。如果妳今後也打算當他的人生伴侶，和他一起走下去，妳就不能光等著他，這樣只是拖油瓶。因為他很溫柔，不管在哪都會去接妳，不管妳要去哪都會送妳去。只要妳仍然是等待的人，就會一直束縛著健吾。妳可是有用自己的腳走向自己選擇道路的力量，希望妳別忘了這一點。」

「什麼意思啦！為什麼會變那麼嚴重？而且說我是拖油瓶也太過分了吧？我才不是！而且我也有好好準備求職啊！我也想很多啊！媽媽憑什麼突然這樣說我啦！」

「總之，媽媽覺得妳今天根本不應該裝病請假，妳再活久一點就會明白。」

就在這段時間裡，健吾來接我，所以媽媽也暫時撤退。但是我知道，她不可能就此放棄。等到健吾回去後，我得陷入一～～直、無止盡聽媽媽長篇大論我有多不負責任。

——至於我到底在不爽什麼……

「當然，她是對的……！」

就是這個。健吾把手機放在腳上，溫柔地看著我。

「媽媽總是對的嘛！今天肯定也是正確的！她什麼都知道，簡直像有預知能力一樣，而且只說真話嘛！……那個、真的、超氣人！」

就算不正確，偶爾理解我的心情，當我的盟友也好啊，就算我有錯，接受我的選擇又沒有關係。就算我會在未來的世界裡後悔，到了那時，就溫柔對我、安慰我啊！偶爾就好了，這樣做不行嗎？難道不能理解我身為人，也會有想要犯錯的時候嗎？我這樣想著。

「媽媽根本不了解我的心情！」

為什麼不了解啊。

「冷靜點，別這麼生氣。妳媽媽很好啊，不總是在妳身邊嗎？」

「才沒有！根本沒有！老是在工作！出差時還會出國好幾個星期！我從小就總是等著媽媽回家！」

「因為她那樣工作，所以妳才能有這樣的生活啊。我覺得，這已經足夠等於總是在妳身邊了耶。妳要好好感謝這點啊。」

「我很感謝她啊！只不過，問題不在那裡！媽媽，真的，該怎麼說，這個完全無法理解他人的部分，怎麼解釋，就是和我完全不同時空，根本從外星來的……對了，就是——」

靈機一閃，我有把握，超完美，就是這個。

「外星人啦。」

「什麼？」健吾高聲回問後笑了：「妳是在說什麼啊。」

「對，就是這樣，絕對沒錯。」

只有這種可能性了。只會說真話和真相，還會預知未來的神祕生物。是個從遙遠宇宙那頭而來，說著「久等了」出現在我面前的存在，也就是外星人。如果她不是人類，我還勉強可以理解。

「終於解開謎團了，這二十年來，我一直覺得很不可思議。」

「喂，什麼外星人啦，那是妳媽媽耶？她要是外星人，那身為女兒的妳是什麼啊？」

「我是爸爸的複製人啦。……開玩笑，要是對媽媽這樣說就糟了，她絕對會開始講起『生殖是什麼』、『ＤＮＡ是什麼』之類的，而且不短於一小時，然後最後還會加上『妳的邏輯不通』，啊啊～～要是這種不用想也知道的未來我也能預測啊。啊，這該不會是遺傳吧？我果然也有一半的外星人基因？呀——好恐怖喔，糟糕啦！」

我邊亂說話邊把東西塞進背包裡，並看著鏡子中的自己，我抓住綁在後頸髮際下的髮束，刻意把頭髮整體拉鬆，這個髮型最重要的就是蓬鬆，扁塌大ＮＧ，根本罪該萬死。我半閉著眼睛確認眼線，還從斜方、側方確認。好，完美了。漆黑色往上拉的眼線非常適合我的五官，只是拉長眼尾，再稍微往上拉，我的稚氣臉龐立刻變成熟，對了，我差點忘了唇膏。

我抓過化妝包坐在鏡子面前，健吾看著我，突然發現什麼般拍手喊著「啊啊！」這種大叔動作，大概是在學校學會的吧。

「你突然幹嘛啊？」

「雖然現在講起戀母情結就會想到我，但其實妳也挺戀母情結的耶。」

「什麼？」

我嚇一大跳，回看鏡子中的健吾。

「我才不是咧，我反而比較喜歡爸爸，這應該是戀父情結吧？」

「這又和單純的喜歡不同意思啦。」

我邊猶豫著唇膏的顏色，稍微失笑。

「你別因為自己是戀母情結，就覺得大家都一樣啦。當然啦，我很喜歡媽媽，但那很普通吧。」

「不只是喜歡，而是完全信賴。『媽媽』說的絕對沒錯，總是真的。妳打從心底如此深信，也沒任何懷疑，表示妳認為媽媽是完美的存在，而妳非常、非常想要被這個完美又強大的存在認同、接受。所以只要對立稍微浮上檯面，就會像剛剛那樣，讓妳情緒激動大喊『才不是那樣！』妳的煩躁感，和妳對母親強烈的信任感是一體兩面，懂嗎？」

「完全不懂。」

「妳只是不願意懂而已。」

「就算我不懂，也知道你在說奇怪的話。因為啊，就你的理論，你要說所有相信母親的人都是戀母情結嗎？」

「如果過度強烈的話，而妳就是那個完美代表。」

「沒有，才不是。戀母情結的人只有健吾，突然想到，你媽媽還好嗎？」

「託妳的福，啊，她還要我問今年也可以寄大量蒜頭到妳們家嗎？」

「我要我要！請告訴她我超級期待。我們全家人都超愛蒜頭，『超級奢侈呢～～對身體很好喔～～很好吃呢～～』，我家的那個外星人也邊極力主張，邊把整顆蒜頭拿去炸之後，大口大口咀嚼呢。還說『青森的蒜頭超棒呢～～』。」

「感覺那幅景象很棒呢，肯定很好笑，狂吃蒜頭的外星人。」

「的確很奢侈、對身體很好、很好吃啦。外星人都這樣說了準沒錯，要是我就會相信。」

「我想也是，真不愧是超有說服力。」

「因為技術那類的東西啊，果然是地球比不上的，所以表示青森的蒜頭超級棒。」

「……或許，妳今天晚上應該要乖乖去打工才對。」

「喂！」

一陣惱怒，我停下畫唇膏的手。

「為什麼會提到那個啊，才沒這回事，和健吾見面的時間是我的最優先事項。」

我邊說，邊想著「啊啊～～又想對媽媽生氣了」，都因為媽媽嘮叨個不停，難得能和健吾在一起，討厭的罪惡感汙染了整個氛圍。我想要改變這種氣氛，氣勢十足地站起身。

「我準備好了，讓你久等了，啊啊，真是的，我快餓扁了。」

「去外面吃嗎？還是要在家裡吃？」

「嗯～～這個嘛，都可以耶。」

健吾之前和父親一起住的大房子，才說要賣就馬上找到買家。他父親現在住在鄉下老家，而健吾也在開始工作的同時，在市內獨居。

「啊，我有點想吃拉麵。」

「那種東西就好了嗎？都專程化妝了耶。」

「你還記得我之前傳給你的網址嗎？我想要去吃那一家。」

「那一家啊。我稍微查了一下，似乎是超熱門店耶。好像要排隊才能吃到，妳可以嗎？」

「排隊啊……那總之先去看看，如果排很長就放棄。到時去你家煮點東西吃也可以，或者是去買外帶。」

「也好，那我們就先去看看吧。七點三十七分……嗯～～剛好是晚餐時間，大概很多人吧。要先去洗手間嗎？」

「不用。」

「穿外套啊，長袖的。」

「喔，差點忘了。」

確認我套上連帽外套後，健吾也穿上薄機車皮衣外套，雖然很熱，但健吾說這是為了安全，沒有辦法。

我拿開棍子，邊走下樓梯邊回頭朝健吾比手指「噓」，代表「接下來要安靜」。

「……妳不用講妳要出門了嗎？」

我幾乎無聲地回應「沒關係、沒關係」。

「她要是又說些麻煩的話，我會受不了。」

我壓抑腳步聲，想要偷偷走出大門時，「邏邏？」客廳傳來媽媽的聲音，「你們要出門嗎？」真的是順風耳耶。

我硬把打算要回答的健吾推出家門，直接離開。我不想和媽媽說話，反正回來之後，就得聽她無止盡地講理性話題，我現在只想要盡情享受和健吾在一起的短暫時光。

「這樣一來，我不就像個不懂禮貌，不理妳的母親，擅自帶妳出門的傢伙嘛。」

「我之後會再跟媽媽說啦，別擔心，別在意，我們走吧，希望可以吃到拉麵。」

健吾有點無奈轉過頭來，手上拿著兩個安全帽，粉紅色和黑色，我毫不猶豫接過粉紅色安全帽，因為這是我的，為了我而買的可愛顏色。

健吾戴上自己的安全帽後，突然看著我說：「欸，」

「嗯？」

「真的要選那一個嗎？」

「當然啊，你為什麼這麼問？」

「……如果我說黑的這個或許比較堅固，妳會怎麼辦？」

「討厭啦，你在說什麼，沒怎麼辦啊，同一個廠牌硬度也沒差啦。只有可不可愛而已，我絕對要選粉紅色。」

健吾說著「也是啊」，接著卻一動也不動，我感到不可思議，抬頭看著戴上安全帽的健吾。

「怎麼了嗎？」

「……」

從全罩式安全帽的縫隙看不見他的表情，健吾一句話也沒回，直接轉過身背對我。

「健吾？咦、怎麼了？」

「……」

「你為什麼在生氣？健吾……咦，該不會是我和媽媽的事情吧？因為我對媽媽態度不好嗎？」

「……」

「呃，對不起。那個……嗳、喂，我在叫你，拜託你，說些什麼嘛，拜託你啦……」

背對著我，一語不發的健吾彷彿變了一個人。我又失敗了什麼嗎？做錯什麼了嗎？做了什麼不該做的事情嗎？

「健吾？」

我慌張碰觸健吾肩膀，他在發抖。「怎麼了？」他好像在抽噎，重複好幾次。寧靜的夜晚裡，我可以聽見他無從隱藏的吸氣聲。

「你為什麼要哭……？」

最後，健吾一句話也沒說地轉過頭，在我面前慢慢脫下安全帽，藍光在周遭擴散開。

我過度驚訝到連尖叫也喊不出來，只能「唔、唔」呻吟著往後退拉開距離，我打顫地吸氣，才終於喊出一聲聲音。

X

「真的都可以喔。」

「那～～要怎麼辦才好呢。」

「總之，我趕緊去把工作處理完，大概不會等太久。」

「那……我去你的房間等你好了。」

我脫下安全帽，髮型或許亂了吧，我用力壓了髮際好幾次。

「嗯，我覺得那樣比較好，對不起喔。」

「沒關係啦，這也沒辦法啊。雖然有點蠢，但我就帶著這個去搭公車吧。」

「真的對不起，我會馬上回去。」

「但沒想到，這種時間了還要工作。」

「連我也沒想到啊，如果妳肚子餓得受不了，可以吃我之前買的杯麵，我買了一整箱妳喜歡的口味。」

「太棒了～～好喔，路上小心。」

我舉高手，目送打亮車尾燈回到車道上的健吾背影離去。

手上拿著安全帽，走向附近的公車站。很幸運，八點十分的公車一下就到了，上了公車，在位子上坐下。公車直直朝著與健吾離開的反方向前進。

我們原本打算去拉麵店看狀況，但就在等紅綠燈時，健吾的手機響了。健吾看了一眼後，急急忙忙靠邊停，連忙回電。我有了不好的預感。

電話是學校打來的，說有個現在立刻需要的資料之類的，說是只有荻尾老師知道密碼之類的。「我知道了，那我馬上過去。」健吾掛掉電話後轉過頭來，露出真的很不好意思的表情，接著對我說他得馬上回任職小學一趟才行，但應該不會花太多時間，所以問我要一起去學校，等他辦完事情，還是要放棄拉麵，我自己先去健吾的房間等著。

我真的都可以，最後決定回房間等他，沒有特別的理由，我沒有生氣，只是覺得他這麼忙好可憐、很擔心他的身體，而且，我們可以在一起的時間有限，也有點失望，但我可以等他，沒有關係。

搭著公車一段時間後，在健吾公寓旁的公車站下車，健吾還沒有聯絡我。

我用備份鑰匙進去他房間，脫掉身上的衣服。大概是被汽車廢氣噴到吧，感覺身上沙沙的。換上放在衣櫃裡，那些幾乎和內衣褲沒兩樣的家居服，平常常穿的小可愛和短褲。

打開健吾搬來時狠下心買的四十吋電視，就這樣等著健吾聯絡我。但手機遲遲不響，我的胃開始隱約發疼，餓過頭時總是會這樣。

我站起身，從廚房櫃子裡拿出一個杯麵，就是這個，冬陰湯口味，雖然有點在意熱量，但晚餐少吃點就好了。

用快煮壺煮水後，倒進去，等三分鐘。等待時間裡把水槽裡的碗盤洗掉。健吾是早餐要吃得像皇帝的人，但今天早上似乎很匆忙，沒有時間收拾好，留下有著生蛋拌飯痕跡的飯碗、筷子、裝了什麼菜餚的小盤子和味噌湯碗。碗盤就泡在裝著水的洗碗桶裡，我仔細洗完每個餐具後，倒扣在瀝水盤上。

原本想找叉子，但沒找到。沒辦法，只好把剛洗好的筷子擦乾，和杯麵一起拿回房裡。

想要立刻享用而拉開蓋子時……

我的目光，完全被沒關的電視畫面吸引了。

Q

X

「真的都可以喔。」

「那～～要怎麼辦才好呢。」

「總之，我趕緊去把工作處理完，大概不會等太久。」

「那……我和你一起去學校好了。」

我想要坐回剛剛才下來的機車後座，打算要繞到機車後方時。

「不可以。」

「什麼？」

健吾突然抓住我的肩膀，嚇我一跳，我看著健吾，是我聽錯嗎？

「邏邏，不可以，選另一個選項。」

「……你在說什麼？不是你說都可以的嗎？」

「別又再選擇這一個，換一個，選擇另一個選項。」

「欸，你到底在說什麼啊？還好嗎？該不會是忙到壓力太大了吧？」

「我的現實已經無法改變了！」

健吾突然大喊讓我愣住，他在生什麼氣？我搞砸什麼了嗎？還是說，他誤會什麼了嗎？

「健吾，怎麼了。」

「我想改變啊！但是不管怎麼做都改不了啊！怎樣都做不到！我只能在『這裡』，在妳的世界裡存在啊！為什麼啊！這是怎樣，真是的，啊啊，夠了，什麼啦……夠了、這到底是……唔……」

「那個……對啊？總之，就是啊，嗯，我們先一起回學校吧。做完該做的事情，然後冷靜一下，好好談談吧，沒事的。」

「這樣不行啊！」

健吾戴著安全帽，尖聲大叫。在我面前彎下身、膝蓋跪地，當場縮在地上。我重複著「沒事的、沒事的啦」，朝他的背伸手。我不知道是什麼如此折磨健吾，到底怎麼了？發生什麼事了？我該怎麼辦才好？醫院？心理諮商師？或許健吾需要借助專家的幫忙吧。我也能做到什麼事情吧。

「……沒事的啦，我絕對會幫你的。」

「所以……得要改變啊……唔……」

健吾縮成一團哭泣的背、肩膀、安全帽，在路過車燈照射下發出藍光，我只是不停地撫摸他的背。

但是，突然停下手，因為我發現了，這個背不是健吾的背，當他脫下安全帽轉過來時，在那裡的是——我無聲地大叫。

我知道了。

這是夢，是夢境。

X

「真的都可以喔。」

「那～～要怎麼辦才好呢。」

「總之，我趕緊去把工作處理完，大概不會等太久。」

「那……我和你一起去學校好了。」

我想要坐回剛剛才下來的機車後座，打算要繞到機車後方時。

「不可以。」

「什麼？」

健吾突然抓住我的肩膀，嚇我一跳，我看著健吾，是我聽錯嗎？

「邏邏，不可以，選另一個選項。」

「……你在說什麼？不是你說都可以的嗎？」

「我說不可以！」

突如其來的尖銳聲音，讓我心臟猛然跳一下，「幹、幹嘛啊……？」

「絕對、不可以、再選一次這個選項！聽我的話換一個！妳要選不同選項！別和我走同一條路！」

「欸，你到底在說什麼啊？還好嗎？該不會是忙到壓力太大了吧？」

「如果妳不改變，那就讓我來改變——」

從全罩安全帽的縫隙看不見他的表情，裡面彷彿換了一個人，健吾說出口的話讓人完全聽不懂。

「這次一定、這次一定，我要來改變！不管幾次都不會放棄！」

健吾突然跨上自己的機車，丟下我啟動引擎。

「什麼？騙人的吧，等等我啊！健吾！」

他真的就這樣跑走了，「……真的假的啊……？」茫然的我被丟在路邊，是真的，我被丟下了，只能看著他遠去的背影。

真的假的啊。

比起憤怒，更是一頭霧水，內心充斥著滿滿不安。健吾沒事吧？我至今從未看過他擺出那種態度，或許真的忙過頭，讓他的心理狀態出問題了。

總之，我脫下安全帽，髮型或許亂了吧，用力壓了髮際幾次。

想著要打電話給他，還是放棄了。不管健吾狀況怎樣，感覺現在等他平靜下來比較好。只要在房裡等他，他肯定遲早會回來。

我手上拿著安全帽，走向附近的公車站，很幸運的是，八點十分的公車一下就到了，上了公車，在位子上坐下。公車直直朝著與健吾離開的反方向前進。

壓力……很大吧，肯定是這樣，因為他每天都那麼忙啊，沒有壓力才奇怪，就算被拋下，我也不會生健吾的氣，只是只是無比擔心，他的身體還好嗎？好可憐，總之希望他心情平靜下來後可以回房間來，我會等他，別擔心。

搭著公車一段時間後，在健吾公寓旁的公車站下車，健吾還沒有聯絡我。

我用備份鑰匙進去他房間，脫掉身上的衣服。大概是被汽車廢氣噴到吧，感覺身上沙沙的。換上放在衣櫃裡，那些幾乎和內衣褲沒兩樣的家居服，平常常穿的小可愛和短褲。

打開健吾搬來時狠下心買的四十吋電視，就這樣等著健吾聯絡我。但手機遲遲不響，我的胃開始隱約發疼，餓過頭總是會這樣。

雖然想說「這時候還吃什麼東西」，但也沒辦法，我站起身，打開廚房櫃子看，裡面擺著許多杯麵，拿出一個來，那是我現在最喜歡的冬陰湯口味。想要解決胃痛，就得吃東西墊胃。總之，我現在只在意健吾會不會平安回來房間。

用快煮壺煮水後，倒進去，等三分鐘。等待時間裡把水槽裡的碗盤洗掉。健吾是早餐要吃得像皇帝的人，但今天早上似乎很匆忙，沒有時間收拾好。留下有著生蛋拌飯痕跡的飯碗、筷子、裝了什麼菜餚的小盤子和味噌湯碗。碗盤就泡在裝著水的洗碗桶裡，我仔細洗完每個餐具後，倒扣在瀝水盤上。

原本想找叉子，但沒找到。沒辦法，只好把剛洗好的筷子擦乾，和杯麵一起拿回房裡。

立刻想要享用而拉開蓋子時……

我的目光，完全被沒關的電視畫面吸引了。

Q

X

高一春天，紅色電車前面算來第二節車廂。

從車窗往外眺望，住宅區的櫻花早已全掉光了。居高臨下看著城鎮四處都是茂盛的鮮綠色小山，新葉色澤還很溫和柔軟，總覺得那是燙一燙就很美味的青花菜。

我每天都會搭這輛電車。

去學校時、回家時，固定時間、相同車廂、相同位置的車門旁空間，我總是看準這個位置上車。

我已經這麼做一個月以上了。

這個位置很棒。就算有位置我也不會坐下。我就喜歡這樣站在這裡。

從離學校最近的車站上車的回家路上，電車會在第二站停下來。車門打開。要下車的人下車、要上車的人上車。

那三人組也會上車。

（來了……欸……咦？咦、咦？騙人！哇！）

我在腦海中大叫。

（頭髮，是藍色……！）

車門關上，電車再次開動，我成了壞掉的立鐘。胸口裡的心臟怦怦跳、火災、祭典、失控的馬。耳朵、鼻子、額頭都好燙。整張臉是一團火球。

近在身邊的對話聲傳入耳中，「……然後啊，阿盛就在那裡耶。」、「什麼？那怎麼可能啊。」、「你又誇大了吧。」、「沒有，我說真的！」

我絕對沒辦法把臉轉過去，總是悄悄側眼偷看。從這個位置就能看見他。

就在那時，他突然轉過來看我，我們對上眼，我慌慌張張別開眼，但是……

「邏邏。」

感覺，他似乎叫出我的名字。不，應該不是，因為這不可能啊，肯定是哪裡搞錯了，因為他不可能知道我的名字啊。

明明這樣想，他卻步步朝我走來、逼近，我腦袋一片空白。

「欸、欸、那……什麼？什麼？什麼？騙人，這是怎樣，完全搞不懂……」

「……邏邏……！」

他突然抱住我。我大叫著「呀——！」書包落地。話說回來，這人該不會是，不，絕對就是……

「是外星人！」

我想著總之得先逃才行……

「……我好想見妳……！」

我的身體在外星人懷中無法動彈。外星人緊緊抱著我開始哭泣，像個孩子般放聲大哭，我的耳邊被他的淚水染濕。

「我好想見妳……好想要見妳啊！不管幾次、不管幾次，我都想要再見到妳啊！……已經夠了，已經、夠了，就這樣，就這樣就好了，我已經……只要能和妳在一起，我就滿足了……！」

這是夢，是夢境。

因為我知道啊。

現實當然不是這樣發展，不是這樣，而是——

X

＊＊＊

——這是一段好漫長的時間。

好幾次、好幾次，幾乎讓人以為永無止盡，我們重回同一個地方好幾次。接著再出發後，又回到同一個地方。雖然有時會出現不同發展（沒錯，就是Q），但最後肯定都會回到X。

真的辛苦大家了。非常感謝大家一直陪著我，和我走到這裡。

其實，剛剛那是最後一個X了。

可以相信我，已經結束了。接下來是全新的發展。雖然這個「全新」，是對大家來說的全新啦。

我當然看過了，也知道是什麼結局，因為我全看完了。因為全部走過一遭了，我現在，才在「這裡」。

那麼，大家一起往X後前進吧。

4

「欸、欸，等等啦！是要去哪？那時是哪時啊？」

「……夠了。」

「什麼？」

「放棄了，哪裡都不去了。」

上一秒還強迫我要畫《人小鬼大》，說我是鳥山的外星人，突然放開抓住我肩膀的手。發出藍光、戴著面罩的臉，幾乎茫然地抬頭看天空。這突然的發展是怎麼一回事？

「感覺你，似乎，把我耍得團團轉耶……？」

在這段時間內，流過臉上的腦漿，彷彿運動後的滿身大汗。就算用手背擦拭，當然也完全無法變清爽。我絕對不想要想像自己現在的模樣。

外星人很乾脆。

「已經夠了，選擇其他選項的時間到了。」

「什麼夠了啊，就算你突然轉變方向……話題就在我搞不清楚方向時不斷發展……話說回來，漫畫的事什麼時候結束了？」

「剛剛結束了，真的已經夠了，我們找個地方去吧。」

「果然還是要去嘛！」

「不是那個意思，是和剛剛完全不同的話題。邏邏，妳剛剛說過吧？想要兩個人騎機車去玩，妳說那是妳的夢想。」

「啊～～那是……欸嘿……」

突然感到好害羞。雙手遮住冰冷的雙頰，裝可愛朝左右歪頭。「啪、啪」，腦袋裡的東西又到處亂噴。但沒有關係，已經沒關係了，沒辦法在意這些小細節。

「對……兩人單獨，拋下世界的一切，我想和你去任何地方，之類的事情……

討厭啦，感覺這好像是小混混會有的想法耶？我懂，但我心裡真的有無比憧憬這種事情的自己，我也無法否定啊……」

「好啊。」

外星人凝視我，對我點點頭。在面罩下，他肯定輕輕微笑著吧。

「不管哪裡都帶妳去，只要妳想去，哪裡都去。我們兩人一起飛到宇宙盡頭吧。」

「……真的嗎……？」

「坐那個。」

我看著外星人手指的方向。

前一刻，死掉的重機還倒在那邊，樸素的銀色烤漆、半邊壓毀的ＣＢ４００。

明明是那樣的啊……

「騙人！」

無法置信的事情發生了，我不小心驚聲大叫。

一輛散發著不曾見過的鮮豔彩虹光芒、擁有漂亮流線型的機車獨自站立在那邊，輪胎還稍微浮在半空中。這要是烤漆，只能說主人的品味太獨特了，但這不是烤漆的顏色，而是光滑表面自然散發的光芒。其中最耀眼的，是隨著燃燒，發出「轟、轟」聲響和光芒的透明油箱，等著我們坐上它出發。飄浮在周圍的游離光子，在黑夜中晃動、捲起漩渦。

我根本擠不出一句完整的話，只能著迷地喊著「騙人、騙人」，我的雙眼已經無法抽離。在黑夜中閃爍的機車，是我至今連做夢也沒見過的超夢幻交通工具，超越我的任何想像。只要搭上這個，肯定真的可以去任何地方。外星人和我，連宇宙盡頭都能去，甚至可能可以親手摸到那如唱片般永遠旋轉的銀河漩渦，我會以我的手指當唱針，那時，會播放出怎樣的音樂呢？總之，肯定很棒。我們會無止盡共舞，忘記一切，這個夜晚將再也沒有盡頭。

「邏邏，走吧。」

外星人站起身，朝機車的方向走去。他轉過頭來朝我伸手，努努下巴像在催促我，但是……

「等、等等……」

我當然想去，當然想握住他的手，但我辦不到。

「我已經沒辦法走了，因為我都變成這樣了啊……哇！」

只是稍微輕碰腹部，長繩狀的內臟就滑溜地跑了出來。我想著總得做些什麼，但硬擠也塞不回去，那就乾脆稍微拉一點出來，結果超後悔，也太長了吧。

「嗯～～這是腸子吧？怎麼辦，雖然很流行粗皮帶，但再怎麼說，我都沒辦法駕馭腸皮帶啊！這樣，再這樣……想綁成蝴蝶結果然還是不行啦！因為怎麼看都是腸子啊，這內臟的顏色根本無從隱藏啊！話說回來，裡面裝滿滿的東西也就是……呀！」

「邏邏，冷靜點。」

「話說回來話說回來，哇，有東西漏出來了……啊！……完了……！雖然我想和你一起去，但這樣絕對不行，一開始就太勉強了。我果然只能就這樣單獨在這裡——」

「我絕對不會讓妳這樣，沒問題，我來……」

冷靜從容的外星人，輕輕指著自己的臉。我知道，你是外星人。

「我都這樣說了，妳相信我對吧？沒問題的。」

「……沒問題……嗎？真的嗎？」

「真的沒問題。所以站起來，走走看。我想和妳一起去，如果妳不在身邊就沒有意義了。」

外星人的話對我來說全是真的，外星人不會說謊，也就是說，我可以相信這是真的。

——我沒有問題。

正當我想要起身時，發現外星人看著我的胸口正中央，他手指著，我往下看是什麼，就在此時，一直遺忘的感覺在我的胸口中甦醒。「……啊！」一個拳頭大小的團塊，在我胸中開始發熱。「撲通、撲通」跳動的光線，穿透胸膛流瀉耀眼光芒。

「騙人……！」

我看向外星人。他對我點點頭，看著我，肯定在微笑。

「這是真的，這就是現在的邏邏。」

「……好厲害！好厲害好厲害，好厲害～～！」

鮮豔的火色光芒閃耀，我的胸口就和機車一樣。現在，光芒就寄宿於此。根本不需要燃料，自行強力鼓動，幫浦送出熱力。溫暖瞬間傳遍我冰冷的身體，陣陣麻疼地熱起來。我張開雙手看，更加興奮了。我用力吸一口氣，像進入派對高潮似的朝夜空大叫「呀────！」能叫出聲的這件事情更讓我失笑，我可以看見發光的能量流過我的血管。金色、銀色，光線在肌膚下循環，每流過一次，我全身也發出強烈光輝。

可以站起來！

我一口氣伸直身體，接著直接轉一圈，光帶慢了一步輕輕纏繞在我的肌膚上。輕薄絹紗重重堆疊出的迷你裙如同朝下盛開的花朵，無一處不鬆軟輕飄，每次晃動，就會如同灑落閃亮光線般地散發燦爛光芒。挽起的頭髮散發虹彩，風一吹拂，彷彿沉澱至今的空氣層開始活動，長髮翻動，極鮮豔的閃耀光芒炫目四散。睫毛、眼睛、指甲、嘴唇，我的一切皆閃耀帶著虹彩的這個夜晚，現在正在閃爍、跳動。

踩著高跟穆勒鞋踏出一步的腳尖，輕輕飄浮空中。一步、兩步，接著如蝶般跳躍，任何重量、任何力量都與我無關了。

「……帶我走吧！到遙遠的盡頭！」

抓住他朝我伸出的手，他拉近我……

「好，我和邏邏一輩子在一起。」

外星人抱緊我，我們兩人就這樣，如同羅曼史電影的一幕不停旋轉。如同漫長道別後，終於邂逅的戀人一般。燦爛的虹彩粒子在身邊飛舞，在黑暗中照亮了我們。

「對了，安全帽怎麼辦？我的粉紅色安全帽已經壞了，黑色的還能用吧？」

「不用，兩個都不需要，已經不需要安全帽了。」

外星人緊抱著失去重量的我，慢慢在草叢中朝機車前進。把我放上機車後座，稍微轉過頭看我：「讓妳等了這麼長的時間，對不起喔。」

我點點頭，笑了，好開心、好幸福。

「沒關係，我早就知道了，知道你絕對會來接我。」

發動引擎，機車開動。

以眼花撩亂的速度朝夜空前進，我們彷彿朝天空燃放的煙火，正如剛剛所說，真的是飛上去，外星人沒有說謊。

「……太棒了……！」

我大聲歡呼，雙手環抱外星人身體，用力把臉壓在他背上。我很喜歡這樣做。雖然不太能說話，但只要這樣做，就讓我感覺真的脫離世界，只剩下我們兩人。眼角目送往後方飛逝的風景，感覺只有我們生活在不同速度前進的世界當中。對我來說，這種時光比什麼都重要。每天每天，可以在一起的時間有限，總是被什麼追著跑，好多要做的事情，老是在意相隔的距離與剩下的時間——但是現在。

「真想要兩個人就這樣永遠在一起！永遠這樣！」

願望成真了。

我們超越風、穿過雲、突破天空界線，離開這個星球，撇下所有與地面的連結，飛往無限的高遠處。近在咫尺的銀河閃耀讓我眼睛眨個不停，但絕對不會放開緊抱身體的雙手。絕對不再放開。我們身下的機車不停奔馳，在夜幕上拉出閃亮的光尾，直直朝著天頂上升，朝著宇宙遙遠的彼方前進。

抵達之後，我們肯定會立刻融合在一起吧。接著永遠在同一個宇宙飄蕩，永遠、永遠在無限的時間洪流中相遇。

外星人轉過頭，接著碰觸他的面罩。

相當厭煩地拔下面罩，微笑看著我。

接著想直接丟掉面罩。

我嚇一跳，「欸？」忍不住用單手抓住，阻止他。

「你不可以脫下面罩啊！」

「沒關係，我不需要了，已經夠了。」

「但是！」

——咦？

我自己也驚訝地聽著自己說出接下來這句話：「因為你會不能呼吸！」

一瞬間冒出「這什麼啊？」的想法，飛翔宇宙的速度太舒服，感覺就快要把這一瞬間置之不理了。不行。我拚命抓住怪異感的尾巴，在腦中思考，得思考才行，為什麼外星人不可以拿下面罩？為什麼他會沒辦法呼吸？

為什麼我會覺得他在這裡沒辦法呼吸呢？

明明在一起，為什麼「不行」呢？

「真的沒關係，我要和妳在一起，已經決定了，所以沒關係。」

溫柔微笑，他的唇。最喜歡的他的臉。以及避開我想要壓上面罩的手，他那雙平靜的眼。

「……不可以啦……」

平靜的藍光、靜止的呼吸聲。

「我說沒關係，這樣就好了，我說了就是真的。」

我轉頭看向閃亮機車在我們身後直直延伸的軌跡，那一條劃破天空的燦爛線條，是一條發光的絲線。

「不行……那樣不行啦。」

「沒有不行。」

「……不可以！呼吸、呼吸！我叫你呼吸！我不要你這樣！」

我們，正打算兩個人一起走，打算沿著這條絲線往前進。

但我發現了，更應該說，我終於開始想起來了。

（這個——不是我的絲線！）

我的絲線應該更亂，應該已經纏成一大團，變成解不開的大繩結了。不僅從何而來、要往哪裡去，連從何開始、要在哪裡結束，還有已經抵達結束那端的那一瞬間，我全忘得一乾二淨。明明早就全部清楚看見了啊。

我邊回想起來邊往後仰，離開外星人身邊。

也就是說這個人，這個外星人——在我的絲線尾端，勉強搓黏上他自己那條還很長的絲線，不自然連結起來了？

明明該朝不同方向延伸的絲線，他打算這般連接後，兩人一起朝永遠的盡頭前進嗎？

「……沒錯吧？是這樣沒錯吧？是這樣對吧！」

「什麼？」

「把我的絲線弄成一團亂的……」

「我什麼都不知道。」

「啊啊」我閉上眼睛，再次睜開。千鈞一髮，有發現真是太好了。不可以和他一起走。

「這樣子絕對不行！不會讓你這樣做！我不允許！絕對不允許！」

「妳突然說什麼啊，都到這裡了。」

「拜託你，呼吸！加油啊！快點呼吸！」

「已經回不去了。」

「可以回去！你還回得去！」

「我不想回去。」

「不可以！你要回去才行！」

我努力把面罩壓回他臉上，用力大叫。

「所以快點呼吸！呼吸！拜託你啦……！」

外星人轉過頭拒絕我的手，身上持續發出藍色光芒。他什麼都不對我說了。

我想，我得要問他才可以。

「……在這裡，」

你在這裡。

「可以……呼吸嗎……？」

我知道外星人的答案。答案已經出現了。對話的最後，結果還是會抵達結束。

一旦說出口後，接下來不管走哪一條路線，終點都不會改變。這句話就是這種意思。

「可以。」

正確答案是「不可以」，你和我不同，完全不同，我們得活在不同世界。即使我能呼吸，你也沒辦法呼吸。不這樣不行，也就是說，你……

「──大騙子！」

我推開他的身體，雙手伸向龍頭，強行握住，胡亂往左、往右扭動，搖晃機車。

當我用力傾斜體重後，外星人驚聲大叫：

「妳在幹嘛！住手！」

「你這個外星人是大騙子！裝作是我信任的人，還打算讓我以為這是正確的！你也沒被光束擊中對吧！因為那個，當時來告訴我這個世界要毀滅的，那個外星人──」

「住手！要掉下去了！」

我不理他，用盡力氣撞飛他的身體。「邏邏！」他放開的左手往我的方向伸過來，但來不及了，他的手、手指只抓住虛空。機車上下顛倒，我和他和機車一起成為一團光塊，似箭下墜。

我也知道會掉往哪裡，也確實聽見呼喚著「在這裡」的聲音，掉到那裡後，一切將被破壞、消失，接著我們將在不同地方醒來。不是X，而是真正現實的延續。我們分隔兩地了。

「——因為那是我啊！外星人是我！健吾是人類！」

然後，要說再見了。

這之後當然會如此發展。

是這樣沒錯啦。

大家對不起，我可以在這邊再說一次繩結的事情嗎？……不可以？拜託啦，我盡量長話短說。如果大家不懂這個，不只接下來的發展，這之前的事情也沒有辦法好好理解（如果真的不行，就請跳到接下來的※符號處）。

所以說，來講繩結的事情。

我的絲線的繩結，和纏繞在手指上好幾圈後，拉緊其中一端做出來的繩結相似，但卻是更巨大、更複雜的失敗版本。

某個時間點起，過去和未來連結成同一個時間，接著出現了好幾個迴圈。所以才會那般在同一個地點醒來這麼多次，才會陷入回到同一個地點好幾次的狀況中。

這些全都是騙子假外星人的錯，這個人，大家當然十分熟悉。

荻尾健吾，我第一個，也是最後一個情人。

我和健吾原本打算要去吃拉麵，說著「大概很多人吧」，只是去看狀況，這大家都知道了吧。

我們騎著樸素的銀色ＣＢ４００在夜路奔馳，但健吾接到電話，中途停下車。大家當然也都知道這通電話的內容了吧。

那時候的我，其實選擇和他一起去學校。接著，我們兩人往學校的途中，八點三十六分，發生一件事了。

現在開始把這件事當作「Ｐ」，待會兒，我會好好說明我眼中所見之事。

總之，P發生了，我和健吾也因此分隔兩個世界。

我的絲線，就在這裡結束了。我走到過短的絲線終端了。

接著，抵達後的我看見了未來。

（健吾，會來找我……）

真的看見了。

我的眼睛，清清楚楚看見那幅景象。

健吾來找我。使盡手段越過世界的界線，來到我的世界中。絲線結束的我的世界，已經處於時間流動的概念外，一切都停止了，所有事物突然停下來，也沒有任何事物消逝。接下來，我會連我自己是誰也忘記，只會在永遠持續膨脹的物理中，相對收縮、崩壞、毀滅才對。這就是「自然」。因為所有生物，都理所當然會如此發展。

但是健吾卻打算再次轉動時間。他闖入我的世界，搖醒即將忘記一切的我，不斷重回記憶中過去的那個時間點，插手做出變化，想創造出不同結果的全新世界。

他嘗試了幾次，就在我的絲線終端分出了幾個分歧。

就這樣，健吾把我的絲線搞得一團亂，揪成一團解不開的複雜繩結。之所以裝成外星人，是因為他認為這樣能讓我順從他的嘗試。對我來說的正確象徵、絕對可信之人就是媽媽，也就是外星人。為了不讓我覺得可以就這樣結束，健吾利用了我的戀母情結。

但不管健吾嘗試幾次，我都不選其他選項。我總是選擇同一個，結果就是，沒辦法改變接下來的發展。怎樣都沒辦法避開Ｐ。無數的分歧在那之後還是經過相同路徑，回到原本的點。接著又與相同地點連結，不管重試幾次，都只能從相同地點重新來過。

但是，健吾遲遲不肯放棄，幾十次、幾百次、幾千幾萬幾億次，重複幾乎無限的次數後，終於有一個分歧支線，出現了小小變化。那個變化終於創造出與現實不同的發展。

這個變化，就是我搭上八點十分的公車。

結果，我在Ｐ受到的致命傷變成健吾承擔，獨自待在健吾房間等待的我，手機響起。電話是健吾父親打來的。開頭就對我說「邏邏，大事不好了！」他的聲音聽起來彷彿在笑。

「怎麼辦？我該怎麼辦？要聯絡誰才好啊？我完全不知道，大事不好了，他們說健吾沒救了。」

——我看見到此為止的畫面，預知所有未來了。

巨大變化發生時，人類很難察覺微小變化。

沒錯，人類很難發現。

健吾到此之前，花了很長的時間重複了無數次嘗試，這是巨大變化。所以很難察覺在這之中發生的微小變化，會讓接下來的世界產生怎樣的新變化，這也是沒有辦法。

但我發現了，更正確來說，因為我看到了。

我當然沒辦法允許，絕對得要破壞掉分歧後的世界才行。不能讓這變成現實。

得趁著健吾還沒發現前，先行消除這個可能性。不管使出什麼手段，只有這個，絕對得消除不可。

要讓在健吾房間裡獨自等待的「我」，知道這裡不是真正的世界，這是回到過去分歧出的不同世界。也就是「只是夢境」，「快點醒來」。

但是要怎樣讓「我」相信呢？

該怎樣讓「我」相信我說的話是正確、是真實，我可以預知未來，從遙遠宇宙的那頭出現在等在房裡的「我」面前——啊。

啊、啊、啊！

（外星人！）

結果，我還是和未來的健吾想到同一處去，但我也確信這能使一切順利。

在房裡等待的「我」也是我，而我會相信外星人說出口的所有話。我站起身、邁出腳步，我變成外星人，我非得這樣做不可。應該說，我可能早已是、早已變成外星人了吧。

這裡是我的世界，只要我想，我可以變成任何人，只要我想做，什麼都能做到。變成外星人，我出現在健吾房間的電視上，我不知道在「我」眼中，我長得怎樣，但只要看見我，「我」肯定也會知道是外星人，因為在這裡的我，真的是外星人，不同世界中的「我」，看見這個，肯定也會以為外星人出現在電視上。

「……看著這個的所有地球人，讓大家久等了。」

「我」也肯定會聽到這個聲音。

「請大家務必冷靜聽我說，這個世界即將毀滅了。我們外星人擁有預知未來的技術，所以很清楚。」

在這個世界中，健吾就快要死了，這等於是世界毀滅，這裡正朝著健吾的世界毀滅的結局前進。

「這不是謊言，這個世界，就快要毀滅了。」

我拚命對著電視機前的「我」說，不可以讓這個世界存續下去，這種分歧才不是真正的世界。妳以為自己活著的世界，只是場夢，快醒來，然後回想起來，妳還活著，就代表P已經發生了，如果那件事情不發生，健吾就不會來找我，世界也不會出現分歧，世界已經分歧，就代表那件事發生了，已經通過那個點了。我也看見畫面，全部看見了。回想起早已經驗過的現實、那個P，那時的我看到什麼？聽到什麼？想著什麼呢？叫出什麼了？

「我無論如何都希望人類可以避開即將發生的世界毀滅，因此來到這裡。總之先冷靜下來，這一切都是真的，請相信我。也確實存在避免世界毀滅的方法，不可以繼續前進，仔細看，然後回想起來。沒錯，這是夢——」

這時，從雲那端要落下的東西到底是什麼呢？

我是外星人，當然能預測。

有什麼從我頭上如箭般直直落下，破壞這個世界，把「我」的時間與那個繩結——接下來被我稱呼為X的醒來瞬間連結。

我很清楚。

我抬頭大叫：

「在這裡！」

（落到這裡來，破壞這個夢，消滅這個夢，醒來啊……）

白光中，聲音已不成聲，一切在一瞬間炸裂，我的身體，身體形狀的這個概念，也因為衝擊碎裂、消失。

這個世界也被「現實」的外星人預知會毀滅，被「現實」光束貫穿後，變成單純的「夢境」而消失。

（……接著倒數五秒後，就要醒來了。開始了喔，倒數五秒、四、三。）

我邊失去一切，邊等著自己醒來。「我」倒在血泊中，漫長旅途即將啟程，我已經看過畫面了，所以早已全都知道。接下來，我將成為「我」的延續，「我」也將成為我的延續。原本該在未來的點，不知何時成了過去的點。接著，我將無數次與健吾邂逅、無數次相戀、無數次爭執，又再無數次無數次無數次，重複這將近無限的時間重新活過一次。因為健吾，我的繩結早已亂成一團，束手無策。

但是，你願意相信我嗎？

我覺得好開心，真的覺得好開心。

（聽見了嗎？你在那裡吧？別害怕，睜開眼……）

二——深呼吸，接著回到最初的X。

當然，已經不需要回去了，我剛剛說了是最後，那是真的。我不會說謊。只是，我只是想要告訴大家，在走到這一步之前，發生了這些事情喔。

那麼，再見。

※就在這裡。

接下來讓我把時間稍微往回倒轉，從P開始吧。大家還記得嗎？被我稱作P的就是，兩個人在夜路奔馳，晚上八點三十六分發生的事情。P發生後，就是再見後的故事。

＊＊＊

看了一眼手錶，八點三十六分。竟然得工作到這麼晚，真的是很忙碌的工作耶。我小學時，完全沒發現老師這麼忙碌與疲憊。沉浸在不斷學會的新事物當中，時光飛逝般度過。健吾長大成人後，又重新投入那如梭飛逝的歲月中。

右邊看見聳立的水泥牆，我們的機車朝健吾工作的小學前進。進入彷彿環繞水泥固定的山坡斜面的和緩彎處，我也配合機車傾斜，巧妙移動體重。正如同健吾曾告訴過我的，只要好好看著前進方向，自然能做出這種舉動。

我不知道要在小學裡等多久，但等久一點，拉麵店的人潮也可能會減少。咦？等等喔，也可能會更多人？

（會如何呢……要自己煮也是可以啦，話說回來有材料嗎？如果要買東西，就要繞去超市一趟。）

我在腦海中模擬了需要自己煮食的狀況，因為讓健吾覺得「喔，這傢伙挺能幹的呢！」的虛榮當然很重要。然後要是有分量，還可以攝取蔬菜的菜單，而且還要是沒做過的，那要做什麼好呢？

此時，對向而來的車頭燈突然開始閃爍，一閃一滅、開始左右搖擺，在緊急轉彎後，消失在我們面前。

當我想著「是怎麼了啊？」的同時，我們從背後被撞飛了。我用脖子幾乎要斷掉地用力往前彎，重重地打在健吾背上。力道之強大，夾在中間的胸口和腹部都快被壓扁了。我不知道發生了什麼事。是煞車聲？巨聲響起，在巨聲中，我和健吾交疊往前倒，接著因為反作用力往後彈。前輪左右晃動，車燈從斜前方朝我靠近，被撞上後，我被彈到旁邊去。

我放開手了。

所有聲音停止，我的叫聲也不知被吸去哪了。

健吾扭轉過身看我，朝我伸出手。所有事情的發展速度緩慢到令人噁心，但健吾的手好遠，我完全碰不到，我們就這樣分開，健吾也就著扭身的姿勢，劃出弧線朝斜前方拋飛出去。

我和機車一起倒下，頭部撞擊了數次，衝擊讓我的視線如雜訊般彈跳。健吾還在空中，手腳用力划動著。我被機車夾住了腳，橫倒在路上持續滑行。天空越變越黑，掉下的大團塊不斷落在我身上。但我什麼也聽不見，最後甚至看不見，連自己是不是閉上眼都不知道。

我沒有任何感覺。

也不知道就這樣過了多少時間。

「……不要……」

我想這應該是我的聲音。

「等等，不要不要不要……騙人，這絕對是騙人的吧……」

我什麼都聽不見的耳朵，聽見了自己的聲音。我什麼也看不見的眼睛，看見了自己看見的東西。我什麼也感受不到的心，因為我感覺到的恐懼而發抖。

健吾仰躺倒在地上，但他身上蓋著泥土、夜色等許多黑色的東西，還沒有人發現健吾倒在那裡。

全罩式的安全帽中，健吾一點聲音也沒有，安靜沉默，埋在土砂中的胸口也沒有起伏。

「不要啊！喂！快來人啊！」

我拚命大叫，但不知道誰會聽到我的聲音。道路上許多車不規則地停了下來，他們互相衝撞、撞上護欄，還有車被撞爛了，響個不停的喇叭聲震動著夜晚的空氣。有好多人，也有好多刺眼的光線照著我。崩落的斜坡與剝落的水泥塊覆蓋著道路，還有許多石塊、岩石、被削斷的樹枝落在我們身上。

健吾還在那下面。

「拜託誰來啊！快點去救他！他在那邊！誰都好，拜託誰找到他啊！不快點去救他他就要死了！他一定受傷了！誰啊！幫他療傷！拜託，快一點！」

我邊哭邊叫的聲音在夜空中響起。

「快一點去救他！我沒辦法去啊！」

我已經什麼都做不到了。

最初被撞飛那時，早在那個瞬間，一切都結束了。從崩落斜面掉下來的岩石，從背後將我壓扁，我的安全帽碎裂，後腦杓也被削掉了一半。

健吾。

「喂！誰啊！……不可以！不可以就這樣死掉！加油啊！」

砂土被挖開，健吾的身體露出來了。好多人跑過來，用器材連接健吾的身體，擔架立刻被搬到旁邊，他們把健吾的身體移了上去。

他的胸口還沒有動。

「呼吸啊！」

我用著誰也聽不見的聲音哭泣，而我那什麼也辦不到的身體，被裝進了袋子裡，拉鍊拉上。這不是夢，我的絲線已到盡頭。

萬物停止的時間中，如燒灼的殘留影像般，倒下的機車、碎裂的安全帽、以及倒在一旁流血的我被留下了。

我的眼睛沒有閉上。

未來的影像開始爆炸。

＊＊＊

孤單醒來後，我坐起身體。

先看向雙手，再低頭看我的身體，（啊——啊……果然是這樣）只能放棄了。我那般炫目閃耀的身體，變成了只是透明的「無」。我已經不在這裡，連身體也不存在。這也是當然。

從那個燦爛的宇宙墜落，我回到過去如犬字旁姿勢倒下的地方。沒有鼓動鮮豔色彩的機車。山崩的事故現場被封鎖，有好幾臺重機械工作著，完全沒有現實感。

我穿過封鎖線，在道路上行走。

沒人能看見我，我蹣跚走著，試圖尋找健吾。他被放上擔架，坐上救護車到醫院去。

我穿過醫院大門，就算在大廳走來走去，也不會有人告訴我健吾在哪層樓。已經，沒人能看見我了。我走上樓梯、轉過走廊、穿過好幾道門，四處尋找著健吾。最後，終於找到了。

那個滿是機械的房間裡，令人驚訝的人數圍繞在健吾身邊。互相怒吼般地彼此喊著，忙碌地更換器具，碰觸著擴張開來的傷口。

健吾仰躺的身體上，如帳篷般蓋著輕薄的藍布，他的肚子開出大洞，大家的手都往裡面伸。

我好想看他的臉，所以鑽進了藍布底下。

手術燈的強光穿過藍布，讓健吾發出藍色光芒。

那閉著眼睛、髒汙的臉上戴著氧氣面罩，管線連接氧氣瓶，他拚命呼吸著。

健吾現在結束了漫長的旅程，回到這裡了，用著「我深愛之人的樣貌」呼吸著。

那些無數次、無數次的邂逅，我真的好開心，可以和健吾一起旅行了幾億萬年的夢中之旅，我好開心、好幸福。但是，不能那樣下去。因為我想要救健吾……健吾能理解嗎？還在生氣嗎？拜託，別生氣啊，我最喜歡健吾了。

就算伸出手也碰不到，於是我緩緩趴下身體，和發出藍光的健吾交疊。

我從交疊的部分開始，慢慢融化。自己認為「這邊開始是自己」的界線漸漸消失。

健吾就是這樣闖入我的心中吧？離開自己的身體，碰觸我，失去自己來找我的吧？

我還記得他溫柔的手指，健吾碰觸我的臉頰，撩起我的髮。但我就快要忘掉那份溫柔了，因為這是自然演變。

取而代之，我已經不需要在意時間流逝，在忘掉一切前，邊融化於健吾之中，並決定下一次要在哪裡睜開眼。

我已經知道所有未來了。

夏天結束，你將會回去獨居的房間裡。

我的爸爸和媽媽會造訪那個房間好幾次，有時媽媽會獨自前來。媽媽還在找我，拚了命要碰觸我留在你心中的痕跡。爸爸為了保護媽媽，努力撐住自己的心，但媽媽不如爸爸堅強。媽媽不斷、不斷尋找我，直到她的絲線終端。時光流逝，抵達最後終點，在停止流動的時間中，媽媽終於找到我了。接著，我們一起等待最愛的爸爸。

接下來，還會出現許多愛你的人。

在這其中，你會找到一個和你一起步向未來的人。

你們會結婚，成為家人，一起變老，在得拄枴杖走路後，她還是會一直陪在你身邊，兩個人會邊聽著海濤聲，邊一起慢慢爬上坡道。

吹動長裙裙襬的風，帶著些許雨水氣味，你抬頭看向天空。你會想起外星人邏邏從雲端那頭掉下來時的事情，還有和邏邏一起做了一場漫長夢境的事情。在你身旁的那個人，會聽你說這個講過好幾次的故事，你會很幸福，你會和所愛之人一起幸福，你絕對沒問題，真的，我沒有說謊。

我已經知道那模樣了，很早很早以前就知道了。

但那對你來說，還是個遙遠未來的事情。

現在的你，身處夏天結束之時，邏邏已經不在了。你才剛出院，回到獨居的房間而已。

打開電視，外星人就在畫面中。

開始播放不知從哪連線的現場直播。

然後你會在「這裡」，一直聽著我這樣敘述故事。

對不起，說太久了，已經要結束了。請讓我再說一次謝謝，你老是說我毛毛躁躁的，真的是這樣呢，我講出口的話跳來跳去，很難懂對吧。

話說回來，我原本想要對你說「歡迎回來」的啊，完全忘了這回事，自顧自說個沒完。但我也不會重來啦，你放心，因為都已經講到這裡了啊，所以現在，我要唐突說出來囉，揮舞著手，用大家都能聽到的音量大聲說：

「歡迎回來！」

好多你，在相同今天、相同時間，在相同時機打開相同房間的相同門扇，用相同姿勢坐下，相同在「這裡」，聽著我在電視機裡說話的聲音。

沒錯，大家。

每次一重來就會誕生的數十、數百、數千數萬數億的，無限的你——大家，現在回到相同地方來了，大家都會好好回到「這裡」。

同一張臉，流下相同淚水，呼喊同一個外星人的名字，同樣大喊出聲。

這樣就好了，大家在這裡，讓我感到至上的歡喜，所以我才能這樣笑著。

大家的未來，你的未來，還將會繼續下去。

「你覺得外星人出現在電視機上是場夢嗎？其實啊，這真的是場夢。但是你醒來之後，你的世界也不會毀滅。再來就是今天的延續。回到房間後的今天、我不在的現在的未來，明天早晨也將會到來。但是別擔心，我都這樣說了，就是真的。健吾不會有事，世界也不會毀滅，那麼，現在倒數五秒後，你就會醒來。準備好囉，倒數五秒，四，三，聽見了嗎？你在那裡吧？別擔心，張開眼……二。」

——深呼吸。

國家圖書館出版品預行編目資料

你在這裡，能呼吸嗎？／竹宮ゆゆこ 著；林于楟 譯.-- 初版.-- 臺北市：平裝本．2020.10
面；公分.--（平裝本叢書；第513種）
（@小說；60）
譯自：あなたはここで、息ができるの？
ISBN 978-986-99445-8-8（平裝）

861.57　　109014190

平裝本叢書第513種
@小說 060

你在這裡，能呼吸嗎？

あなたはここで、息ができるの？

作　　者—竹宮ゆゆこ
譯　　者—林于楟
發 行 人—平雲
出版發行—平裝本出版有限公司
台北市敦化北路120巷50號
電話◎02-27168888
郵撥帳號◎18999606號
皇冠出版社（香港）有限公司
香港上環文咸東街50號寶恒商業中心
23樓2301-3室
電話◎2529-1778　傳真◎2527-0904
總 編 輯—龔橞甄
責任編輯—謝恩臨
內頁設計—黃馨慧
著作完成日期—2018年10月
初版一刷日期—2020年10月

法律顧問—王惠光律師

讀者服務傳真專線◎02-27150507
電腦編號◎435060
ISBN◎978-986-99445-8-8
Printed in Taiwan
本書定價◎新台幣280元／港幣93元